缘缘堂系
丰子恺
插图本

缘缘堂再笔

丰子恺

著

图书在版编目(CIP)数据

缘缘堂再笔/丰子恺著.—北京:人民文学出版社,2022
(缘缘堂书系·丰子恺插图本)
ISBN 978-7-02-010409-3

Ⅰ.①缘… Ⅱ.①丰… Ⅲ.①散文集—中国—现代 Ⅳ.①I266

中国版本图书馆 CIP 数据核字(2021)第 237630 号

责任编辑	杜 丽 陈 悦
装帧设计	刘 远
责任校对	韩志慧
责任印制	宋佳月

出版发行	人民文学出版社
社 址	北京市朝内大街 166 号
邮政编码	100705

印 刷	北京盛通印刷股份有限公司
经 销	全国新华书店等

字 数	71 千字
开 本	787 毫米×1092 毫米 1/32
印 张	6.125 插页 1
印 数	1—6000
版 次	2022 年 4 月北京第 1 版
印 次	2022 年 4 月第 1 次印刷

书 号	978-7-02-010409-3
定 价	45.00 元

如有印装质量问题,请与本社图书销售中心调换。电话:010-65233595

版本说明

1926年,弘一法师云游经过上海,来到丰子恺家中探望。丰子恺请弘一法师为自己的住所取名,弘一法师让丰子恺在小方纸上写了许多他所喜欢而可以互相搭配的文字,团成许多小纸球,撒在释迦牟尼画像前的供桌上,拿两次阄,拆开来都是"缘"字,遂名寓所为"缘缘堂"。缘缘堂并没有厅堂,是一个象征性的名称,以后丰子恺每迁居哪里,横披便挂在哪里,一直到1933年在故乡石门湾造成像样的宅院,给缘缘堂赋予真的形。

因为有弘一法师为丰子恺的寓所缘缘堂命名,所以丰先生称缘缘堂为"灵的存在",而那些冠以缘缘堂的随笔,由此也充满睿智与灵气,这正应了郁达夫对于缘缘堂随笔的评价:"人家只晓得他的漫画入神,殊不知他的散文,清幽玄妙,灵达处反远出在他的画笔之上。"

本次出版的"缘缘堂书系·丰子恺插图本"包含《缘缘堂随笔》《缘缘堂再笔》《缘缘堂续笔》《缘缘堂新笔》《缘缘堂·车厢社会》《缘缘堂·随笔二十篇》六本散文集,每篇散文皆为丰子恺在缘缘堂时期创作。

丰子恺的缘缘堂系列作品在历年的出版过程中多次被拆分组合,形成各样版本的文集。本书系的文集皆采用初版本的篇目,且配上大量丰子恺在缘缘堂时期创作的漫画,还给读者一份原汁原味的"缘缘堂"。

目　录

物语　001

午夜高楼　018

生机　025

实行的悲哀　032

梧桐树　041

山中避雨　046

纳凉闲话　051

记音乐研究会中所见之一　060

记音乐研究会中所见之二　076

记乡村小学所见　086

大人　100

手指　111

西湖船　121

钱江看潮记　130

初冬浴日漫感　137

无常之恸　142

新年怀旧　155

音语　167

"带点笑容"　173

清晨　180

物 语[1]

晴爽的五月的清晨，缘缘堂主人早起，以杨柳枝漱口，饮清水一大杯，燃土耳其卷烟一支，走近堂楼窗际，凭栏闲眺庭中的景物，作如是想：

"葡萄也贪肥。用了半张豆饼，这几天就青青满棚。且有许多藤蔓长出棚外，颤袅空中，在那里要求延长棚架了。那嫩叶和卷须中间，已有无数绿色的小珠，这些将来都是结葡萄的。预想今年新秋，棚下果实累累，色如琥珀，大如鸟卵，味甘可口，专供我随意摘食。半张豆饼的饲养，换得它这许多的报效，这植物真可谓有益于人生，而尽忠于主人的了。去年夏秋，主人客居他方，听说它生的很少而小而无味。今

---

[1] 本篇原载1936年7月16日《宇宙风》第2卷第21期。

年主人将在此过夏秋，它颇能体贴人意，特地多抽条枝，将以博主人之欢。你看：那嫩叶儿在朝阳中向我微笑，那藤蔓儿在晨风中向我点头，仿佛在说：'我们都是为你生的呀！'

"南瓜秧也真会长！不多天之前撒下几颗南瓜子，现在变成了一座小林。那些茎儿肥胖得像许多青虫。那子叶长大得像两个浮萍。有些子叶上面还顶着一张带泥的南瓜子壳，仿佛在对我证明：'喏！我确是从你所撒下的那颗瓜子里长出来的呀！'我预备这几天就给它分秧。掘几枝种在平屋后面的小天井里，让它们长大来爬到平屋上。再掘几枝种在灶间后面的阴沟旁，让它们长大来爬在灶间上。南瓜的确是一种最可爱的作物。你想，一粒瓜子放在墙下的泥里，自会迅速地长出蔓来，缘着竹竿爬到人家的屋上。不到半年，居然会变出十七八个果实来，高高地横卧在屋顶，专让屋主随时取食，教外人无法偷取。这不是最尽忠于主人的作物么？况且果实又肥又大，半个南瓜可烧一锅，滋味又甜又香，又可点饥，又易消化。这不是最有益于人生的植物吗？它那青虫似的苗秧，含蓄着无限的生产力，怀抱着无限为人服务的忠诚。古人咏小松曰：'时人不识凌云木，直待凌云始道高。'这两句正可拜借来赞咏我眼前的南瓜秧。看哪，许多南瓜秧在微风中摇摆着。它们大约知道我正在赞赏它们，故尔装出这得意的样子来酬答我。仿佛在对我说：'我的出身虽然这么微贱，但是我有着凌云之志，将来定要飞黄腾达，以报答你的养育之恩！'

"鸽子们一齐在棚里吃早食了。雌的已会生蛋。它们对主人真亲善：每逢一只雌鸽子生了两个蛋，倘这里的小主人取食一个，它能补生一个。倘再取食一个，它能再补生一个，绝无吝色，永不表示反抗。现在我要阻止这里的小主人的取食鸽蛋，让它们多孵小鸽子。将来小鸽子多了，我定要把棚扩大且加以改良，让它们住得舒服。因为它们对我的服务实在太忠诚了：我每逢出门，带几只在身边，到了远方，要使这里的主母知道我的行踪和起居，可写一封信缚在鸽子的脚上，叫它飞送。一霎儿它就带了信回家，报告主

传书鸽

母，比航空邮便还快，比挂号信还妥当。不但省了我许多邮票，又给我许多便利，外加添了我家庭中的许多趣味。这是何等有智慧而通人意的一种小动物！我誓不杀食你们的肉，我誓愿养杀你们①。啊，它们仰起头来望我了！啊，它们'咕，咕'地对我叫了。这明明是对我表示亲爱，仿佛在说：Good morning！Good morning！〔早安！早安！〕

"黑猫把头钻在门槛底下做什么？不错！它是在那里为我驱逐老鼠。门槛底下的洞正是老鼠出没的地方。前天我亲眼看见两只大老鼠被它追赶，仓皇地逃进这洞里去。以前我家老鼠多而且凶。白昼常常横行，晚上更闹得人不能睡眠。抽斗都变成了老鼠的便所，人所吃的都是老鼠的残食。原稿纸在桌上放过一夜，添上了老鼠的小便痕。孩子们把几粒花生米在衣袋里放过一夜，明天连衣襟都被咬破。自从这只黑猫来到我家以后，老鼠忽然肃清，家人方得安眠。真是除暴安良，驱邪降福。它的服务多么忠诚勤恳：晚间

---

① 养杀你们，意即供养你们一辈子直到老死。

通夜不睡，放大了两个瞳孔，在满间屋子里巡查侦缉。白天偶尔歇息，也异常警惕。听见墙角吱吱一声，就猛然惊醒，勇往直前，爪牙交加，务须驱之屋外，或置之死地而后已。即使在吃饱的时候，看见了老鼠也绝不放过，宁可不吃，不可不杀。总之，它的捕鼠非为一己口腹之欲，全为我家除害。故终日终夜皇皇然，唯恐老鼠伤害了我家的一草一木。它仰起头，竖起尾巴，向我'咪呜，咪呜'地叫了。这神气多么威武，这声音又多么柔媚！好似一员小将杀退了毛贼，归来向国王献捷的模样。"

缘缘堂主人作如是想毕，满心欢喜，得意洋洋，深深地吸入一口土耳其卷烟，喷出烟气与屋檐齐高。然后暂闭两目，意欲在晨曦中静养其平旦之气。忽闻庭中吃吃作笑，呜呜作声，似有人为不平之鸣者。倾耳而听，最先说话的是葡萄：

"哈，哈，这老头子发痴！他以为我是为他生的。人类真是何等傲慢而丑恶的动物！我受天之命而降生，借自然之力而成长，何干于你？我在这里享乐我自己的生命，繁殖我自己的种子，何尝为你而生？你在我的根上放下半张豆饼，为我造棚，自以为对我有培养之恩吗？我实在不愿受这种恩，这非但对我自己的生活毫无益处，实在伤害了我！你知道吗：我本来生在山野，泥土是适我胃口的食粮，雨露是使我健康的饮料，岩壁丘壑是我的本宅，那时我的藤蔓还要粗，我的种子还要多，我的攀缘力与繁殖力比现在强得多。自从被你们人类取来豢养之后，硬要我吃过量的食料，硬把我拘束在机械的栅上，还要时时弯曲我的藤蔓，教我削足适履；裁剪我的枝叶，使我畸形发展。于是我的藤蔓变成如此细弱，我的种子变得如此臃肿。我的全身被你们造成了残废的模样。你称赞我的种子色如琥珀，大如鸟卵。其实这在我是生赘疣，生臌胀，生小肠气病，都是你害我的！你反道这是我对你的恩惠的报效，反道我尽忠于你，真是荒天下之大唐！尤可笑者，去年我生得少，你以为是你不在家的原故，今年我生得多，你以为是博你的欢。我又不是你的情人，为你离家而憔悴，又不是你的奴隶，在你面前献媚！告诉你吧：我因生理的关系，要隔年繁荣一次。你偶然凑巧，就以为我逢迎你，真真见鬼！人类往往作这种狂妄的态度：回家偶逢花儿未落就说它'留待主人归'；送别偶逢鸟儿闲啼，就以为'恨别鸟惊心'；出门偶逢天晴，自以为'天佑'，岂不可笑？我们与你同是天之生物，平等地站在这世间，各自谋生，各自繁殖，我们岂是为你们而存在？你以为我在微笑，在点头。其实我在悲叹，在摇头。为了你强迫我吃了半张豆饼，剪去了我许多枝叶，眼见得今秋的果实又要弄得臃肿不堪，给你们吞食殆尽，不留一粒种子。昨天隔壁三娘娘家的母猪偶然到这里来玩。我曾经同她互相悲叹愤慨。我和她同样也受你们的'非生物道'的虐待，大家变得臃肿残废而膏你们的口腹。人类真是何等野蛮的东西！自己也是生物，却全不顾'生物道'，一味自私自利，有我无人。还要一厢情愿，得意洋洋。天下的傲慢与丑恶，无过于人类了！"下面继续起来的谩骂之声，是那短小精悍的南瓜秧所发的：

"人类不但傲慢而丑恶,简直是热昏①!不要脸!他们自恃力强,公然侵略一切弱小生物。'弱肉强食'在这世间已成了一般公理;倘然侵略者的态度坦白,自认不讳,倒还有一点可佩服,可是他们都鬼头鬼脑,花言巧语,自命为'万物灵长',以为其他一切生物皆为人而生,真是十八刀钻不出血的老皮面!葡萄伯伯的抗议,我不但完全同情,且觉得措辞太客气了。人这种野蛮东西,对他们用什么客气?你不知道我吃了他们多少苦头,才挣得这条小性命呢。我的母亲是一个体格强壮而身材苗条的健全的生物,被他们残忍地腰斩了,切成千刀万块,放在锅子里烧到粉骨碎身。那时我同众兄弟们还在娘肚皮里,被他们堕胎似的取出,盛在篮里,放在太阳光里晒。我们为了母亲的被害,已不胜哀悼;自己的小性命是否可保,又很忧虑。果然,晒了一天,有一人对着我们说:'南瓜子可以吃了!'我们惊起一看,其人正是这自命为主人的老头

---

① 热昏,江南一带方言,意即昏了头。

子！他端起我们的篮来，横七竖八地摇了一会，对那老妈子说：'拿去炒一炒！'这死刑的宣告使我们众兄弟同声号哭，然而他们如同不闻，管自开锅发灶，准备我们的刑场。幸而有一个小姑娘，她大概年纪还小，天良还没有丧尽，走过来对老妈子说：'不要全炒，总要给它们留些种子的！'我们有了免于灭族的希望，觉得死也甘心。大家秉公持正，仓皇地推选，想派几个体格最健全的兄弟留着传种，以绍承我母的血统。谁知那小姑娘不管我们本人的意见，随手抓了一把，对那老妈子说：'这一点拿去种，余多的你炒吧！'我幸而被抓在她的手里，又不幸而不是最健全的一个。然而有此虎口余生，总算不幸中之大幸。现在这父母之遗体靠了土地的养育，和雨露的滋润，居然脱壳而出，蒸蒸日上，也可以聊尽子责而告慰泉壤了。但看这老头子的态度，我又起了无限的恐惧。我还道他家的小姑娘天良没有丧尽，慈悲地顾念我母的血食，原来不然，他们都全为自己，想等我大起来，再吃我的子孙！他贪恋我们的果实又肥又大，滋味又甜又香,何等可恶的老馋!他以为我们忠于主人,有益于人生;怀抱着为人服务的忠诚,何等荒唐的胡说!我们自有天赋的生产力,和天赋的凌云之志,但岂是为你们而生,又岂是你们所能养成?可惜我的根不能移动,若得像那鸽子,我早已飞出这可诅咒的牢狱和刑场,向大自然的怀里去过我独立自主的生活了!"南瓜秧说到这里,鸽子就接上去说:

"你的话大都是我所同情的。不过听到你最后的话,似有讥讽我能飞不飞,甘心为奴的意思,这使我不得不辩解了。古语云:'一家不晓得一家事',难怪你怀疑于我。现在我把我们的生活情形告诉你吧:人对我的待遇,除了偷蛋可恶以外,其余的我都只觉得可笑。以为我对人亲善,服务忠诚,全是盲子摸象!我们的祖先本来聚居在山野中,无拘无束,多么自由的生活!后来不知怎样,被人捕到城市,豢养在囚笼里。我们有一种独特而力强的遗传性,就是不忘我们的诞生地。人类有一句话,叫做'狐死正首丘',又有俗语说：'树高千丈，叶落归根'，他们也认为这是一种美德。我们因有这种遗传性的原故，诞生在城市中的虽然飞翔力并不退化，却无意飞回山野。人类就利用我们这习性，为我们在庭院里筑窠巢，从单方面擅定我们是他们所豢养的，还要单恋似的说我们对人亲善，岂不可笑！我们为有上述的遗传性，大家善于记忆，即使飞到了数千百里之外，仍能飞回原处，绝对不要找警察问路。因此人类又来利用我们，把信札缚在我们的脚上，托我们带回。纸儿并不重，我们也就行个方便。但这是'乘便'，不是专差，人类却自以为我们是他们的专差，称我们为'传书鸽'，还要谬赞我们服务忠诚，岂不更可笑吗？尤可笑的，我们有几个住在军队中的兄弟，不幸在战场上中了流弹，短命而死，军人居然为它们建筑坟墓，天皇还要补送它们勋章，教它们受祭奠。哈哈，我们只为了恪守祖先的遗志，不忘自己的根本，故而不辞冒险，在战场上来往；谁肯为这种横暴的侵略者作走狗呢？老实说，若不为了他们那种优良的食物的供养，我们也不肯中他们的计。只是那种食物太味美了，我们倒有些儿舍不得。横竖我们有的是翅膀，飞过战场也没有什么可怕，也乐得多吃些美食，在那里看看人类自相残杀的恶剧吧。这里的主人每逢托我带信回家，主母来接取我脚上的纸儿时，也必拿许多优良的食物供奉我。我为贪食这些，每次总是赶快回来。他们却误解了，以为我服务忠诚，真是冤哉枉也！也许他们都知道，为欲装'万物灵长'的场面，故意假痴假呆，说我们忠诚。那更是可笑而可耻了！刚才我在这里向朝阳请早安，那老头儿却自以为我在对他说'Good morning'。这便是可笑可耻的一端。"黑猫也昂起头来说话了：

"鸽子哥儿的话好像是代替我说的！我的境遇完全和你一样，我的猫生观也和你相同。那老头儿以为我在这里为他驱鼠，谬赞我服务忠诚，并且瞎说我的捕鼠不为口腹，全为他家除害，唯恐老鼠伤害了他家的一草一木，在我也常觉得荒唐可笑。把我的平生约略的告诉你吧：我本来住在这里的邻近人家的。因为

深夜的巡游者

那人家自己没饭吃，更没有钱买鱼来供养我，他们的房子又异常狭小，所有的老鼠很少；即使有几只，也因为那屋破得可以，瓦上，壁上，窗户上，处处有不大不小的隙缝，老鼠可以自由逃窜，而我猫却钻不进去。我往往守候了好几天，没有一只老鼠可得，因此我只得告辞，彷徨歧途。偶然到这屋檐上窥探，看见房子还高大，布置还像样。我正想混进来找些食物，这里小姑娘已在檐下模仿我的叫声而招呼我了。不久那老妈子拿了一只碗走到檐下，对着我'丁丁丁丁'地敲起来。我连忙跳下来就食：碗里的东西真美味，全是我所最欢喜的鱼类！我预备常住在这里。但闻那老妈子说：'这猫不知是从哪里来的。这般瘦，看来是没有人家养的。我们养了吧，老鼠太多，教它赶老鼠。'那小姑娘说：'这只猫样子也好看！我们养了它！不要忘记喂食！'我听了这话，就决心常住在这里了。他们的供养的确很好。外加前后许多屋子，都有无数的老鼠，任我随时捕食。现在老鼠虽已减少，且都警戒，只要用点工夫，或耐心装个假睡，也总可捞得一个。我们也有一种独特的遗传性，就是欢喜吃老鼠。老鼠比鱼更好吃。所以我虽在刚刚吃饱鱼饭的时候，见了老鼠仍是感到一种说不出的香味，不由的要捉住它。老实说，这里倘没有了上述的食物，我早已告辞了。那老头儿还说我为他服务忠诚，是上了我的当，不然，便如你所说，他是假痴假呆地夸口，以助'万物灵长'的威风。刚才我因为早晨没有吃过，追老鼠又落个空，仰起头来喊他给我备早饭，他却视我为献媚，献捷，也是人类可笑可耻的一个实例！——照理，正如葡萄先生和南瓜小姐所主张，我们都是受命于天而长育于地的平等的生物，应该各正性命，不相侵犯。但这道理太高，像我兄弟就做不到。但我们自认吃鱼吃老鼠不讳，态度是坦白的。至于像人类这样巧立了'灵长'的名目而侵略万物，还要老着面皮自以为'万物为我而生'，我们是不屑为的！"

　　缘缘堂主人倾耳而听，不漏一字，初而惊奇，继而惶恐，终于羞惭。想要辩解，一时找不出理由。土耳其卷烟熄，平旦之气消，愀然变容，悄然离窗，隐几而卧。

廿五〔1936〕年五月十三日作

午夜高楼 [1]

近因某种机缘,到一偏僻的小乡镇中的一个古风的高楼中宿了一夜。"金陵津渡小山楼,一宿行人自可愁。"灯昏人静而眠不得的时候,我便想起这两句。其实我并没有愁,读到"自可愁"三字,似觉自己着实有些愁了。此愁之来,我认为是诗句的音调所带给的。"一宿行人自可愁",这七个字的音调,仿佛短音阶〔小音阶〕的乐句,自能使人生起一种忧郁的情绪。

这高楼位在镇的市梢。因为很高,能听见市镇中各处的声音。黄昏之初,但闻一片模糊的人声,知道是天气还热,路上有人乘凉。他们的闲话声并成了这

---

[1] 本篇原载1935年《宇宙风》第1卷第2期。

一片模糊的声音而传送到我这高楼中。黄昏一深，这小市镇里的人都睡静了。我躺在高楼中的凉床上所能听到的只有两种声音，一种是"柝，柝，柝"，一种是"的，的，的"。我知道前者是馄饨担，后者是圆子担的号音。

于是我想：不必说诗的音调可以感人，就是馄饨担和圆子担的声音，也都具有音调的暗示，能使人闻音而感知其内容。馄饨担用"柝，柝，柝"为号，圆子担用"的，的，的"为号。此法由来已久，且各地大致相同。但我想最初发起用这种声音为号的人，大约经过一番考虑，含有一种用意。不然，一定是为了这两种声音与这两种食物性状自然相合。在卖者默认这种声音宜为其商品作广告，在闻者也默认这种声音宜为这种食物的暗号，于是通行于各地，沿用至今，被视为一种定规。

试吟味之：这两种声音，在高低，大小，缓急，及音色上，都与这两种食物的性状相暗合。馄饨担上所敲的是一个大毛竹管，其声低，而大，而缓，其音

馄饨担

色混浊，肥厚，沉重，而模糊。处处与馄饨的性状相似。午夜高楼，灯昏人静，饥肠辘辘转响的时候，听到这悠长的"柝——柝——柝——"自远而近，即使我是不吃肉的人，心目中也会浮出同那声音一样混浊，肥厚，沉重，而模糊的一碗馄饨来。在从来没有见闻过馄饨担的人，当然不会起这感想，我原是为了预先知道而能作如是想的。然而岂是穿凿附会而作此说？不信，请把圆子担的"的，的，的"给他敲了，试想效果如何？我看这种声音完全不能使人联想起馄饨呢！

圆子担上所敲的是两根竹片，其声高，而小，而急，其音色纯粹，清楚，圆滑，而细致。处处与小圆子的性状相似。吾乡称这种圆子为"救命圆子"，言其细小不能吃饱，仅足以救命而已。试想象一碗纯白，浑圆，细小而甘美的救命圆子，然后再听那清脆，繁急，聒耳的"的，的，的"之声，可见二者何等融洽。那救命圆子仿佛是具体化的"的，的，的"。那"的，的，的"不啻为音乐化的救命圆子。卖扁豆粥的敲的也是"的，的，的"。但有时稍缓。又显见这两种食物的性状是大同小异的。

西洋曾有一班人耽好感觉的游戏。或作莫名其妙的画，称之为"色彩的音乐"；或设种种的酒，代表音阶上各音，饮时自以为听乐，称之为"味觉的音乐"。我这晚躺在这午夜高楼的凉床上，细味馄饨担与圆子担的声音，颇近于那班人的行径，自己觉得好笑。两副担子从巷的两头相向而来，在我的高楼之下交手而过。"栎，栎，栎"和"的，的，的"同时齐奏，音调异常地混杂，正仿佛尝了馄饨与圆子混合的椒盐味。

最后我回想到儿时所亲近的糖担。我们称之为"吹大糖"担。挑担的大都是青田人，姓刘。据父老们说，他们都是刘基的后裔。刘伯温能知未来，曾遗嘱其子孙挑吹大糖担，谓必有发达之一日。因此其子孙世守勿懈。又闻吾乡有刘伯温所埋藏宝物多处，至今未被发掘，大约是要留给挑吹大糖担者发掘的。我家邻近一带门口，据说旧有一个石槛，也是刘伯温设置的，谓此一带永无火灾。我幼时对于这种话很感兴味，因此对于挑吹大糖担者更觉可亲。我家邻近一带，我生以来的确没有遭过火灾；我生以前，听大人说也没有遭过火灾。但我看见挑吹大糖担的人，大都衣衫褴褛，面有菜色，似乎都靠着祖先的遗言在那里吃苦。而且我问他们，有几个并不姓刘，也不是青田人而是江北人。兴味为之大减。以问父老，父老说，他们恐怕我们怪他们来发掘宝物，故意隐瞒的。我的兴味又

旋糖

浓起来。每闻"铛，铛，铛"之声，就向母亲讨了铜板，出去应酬他，或者追随他，盘问他，看他吹糖。他们的手指技法很熟，羊卵脬，葫芦，老鼠偷油，水烟筒，宝塔，都能当众敏捷地吹成，卖给我们玩，玩腻了还好吃。他们对我，精神上，物质上都有恩惠。"铛，铛，铛"这声音，现在我听了还觉得可亲呢。因为锣声暗示力比前两者尤为丰富。其音乐华丽，热闹，兴奋，而堂皇。所以我幼时一听到"铛，铛，铛"之声，便可联想那担上的红红绿绿的各种花样的糖，围绕那担子的一群孩子的欢笑，以及糖的甜味。我想象那锣仿佛是一个慈祥，欢喜，和平，博爱的天使，两手擎着许多华丽的糖在路上走，口中高叫"糖！糖！糖！"把糖分赠给大群的孩子。我正是这群孩子中之一人。但这已是三十年的旧心情了。现在所谓可亲的，也只是一种虚空的回忆而已。朦胧中我又想起了"一宿行人自可愁"之句，黯然地入了睡乡。

廿四〔1935〕年残暑作

生 机

去年除夜买的一球水仙花，养了两个多月，直到今天方才开花。

今春天气酷寒，别的花木萌芽都迟，我的水仙尤迟。因为它到我家来，遭了好几次灾难，生机被阻抑了。

第一次遭的是旱灾，其情形是这样：它于去年除夕到我家，当时因为我的别寓里没有水仙花盆，我特为跑到瓷器店去买一只纯白的瓷盘来供养它。这瓷盘很大、很重，原来不是水仙花盆。据瓷器店里的老头子说，它是光绪年间的东西，是官场中请客时用以盛

---

① 本篇原载1936年3月《越风》第10期。

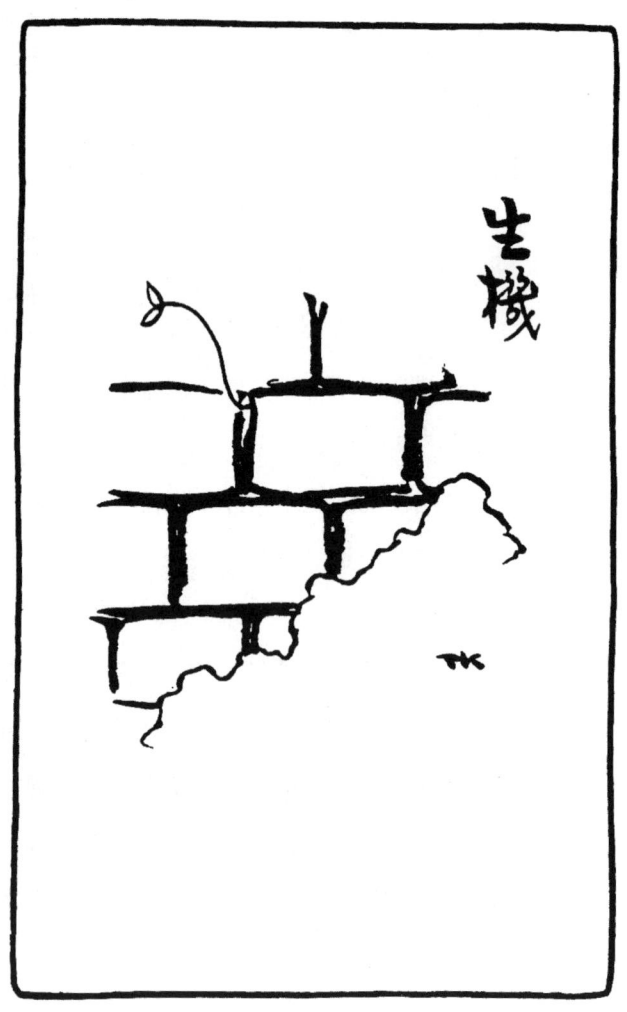

生机

某种特别饕餮的家伙。只因后来没有人用得着它,至今没有卖脱。我觉得普通所谓水仙花盆,长方形的、扇形的,在过去的中国画里都已看厌了,而且形式都不及这家伙好看。就假定这家伙是为我特制的水仙花盆,买了它来,给我的水仙花配合,形状色彩都很调和。看它们在寒窗下绿白相映,素艳可喜,谁相信这是官场中盛酒肉的东西?可是它们结合不到一个月,就要别离。为的是我要到石门湾去过阴历年,预期在缘缘堂住一个多月,希望把这水仙花带回去,看它开好才好。如何带法?颇费踌躇:叫工人阿毛拿了这盆水仙花乘火车,恐怕有人说阿毛提倡风雅;把他装进皮箱里,又不可能。于是阿毛提议:"盘儿不要它,水仙花拔起来装在饼干箱里,携了上车,到家不过三四个钟头,不会旱杀的。"我通过了。水仙就与盘暂别,坐在饼干箱里旅行。回到家里,大家纷忙得很,我也忘记了水仙花。三天之后,阿毛突然说起,我猛然觉悟,找寻它的下落,原来被人当作饼干,搁在石灰甏上。连忙取出一看,绿叶憔悴,根须焦黄。

阿毛说"勿碍①",立刻把它供养在家里旧有的水仙花盆中,又放些白糖在水里。幸而果然勿碍,过了几天它又欣欣向荣了。是为第一次遭的旱灾。

第二次遭的是水灾,其情形是这样:家里的水仙花盆中,原有许多色泽很美丽的雨花台石子。有一天早晨,被孩子们发现了,水仙花就遭殃:他们说石子里统是灰尘,埋怨阿毛不先将石子洗净,就代替他做这番工作。他们把水仙花拔起,暂时养在脸盆里,把石子倒在另一脸盆里,掇到墙角的太阳光中,给它们一一洗刷。雨花台石子浸着水,映着太阳光,光泽、色彩、花纹,都很美丽。有几颗可以使人想象起"通灵宝玉"来。看的人越聚越多,孩子们尤多,女孩子最热心。她们把石子照形状分类,照色彩分类,照花纹分类;然后品评其好坏,给每块石子打起分数来;最后又利用其形色,用许多石子拼起图案来。图案拼好,她们自去吃年糕了!年糕吃好,她们又去踢毽子

---

① 勿碍,意即不要紧。

了；毽子踢好，她们又去散步了。直到晚上，阿毛在墙角发现了石子的图案，叫道："咦，水仙花哪里去了？"东寻西找，发现它横卧在花台边上的脸盆中，浑身浸在水里。自晨至晚，浸了十来小时，绿叶已浸得发肿，发黑了！阿毛说"勿碍"，再叫小石子给它扶持，坐在水仙花盆中。是为第二次遭的水灾。

第三次遭的是冻灾，其情形是这样的：水仙花在缘缘堂里住了一个多月。其间春寒太甚，患难迭起。其生机被这些天灾人祸所阻抑，始终不能开花。直到我要离开缘缘堂的前一天，它还是含苞未放。我此去预定暮春回来，不见它开花又不甘心，以问阿毛。阿毛说："用绳子穿好，提了去！这回不致忘记了。"我赞成。于是水仙花倒悬在阿毛的手里旅行了。它到了我的寓中，仍旧坐在原配的盆里。雨水过了，不开花。惊蛰过了，又不开花。阿毛说："不晒太阳的原故。"就掇到阳台上，请它晒太阳。今年春寒殊甚，阳台上虽有太阳光，同时也有料峭的东风，使人立脚不住。所以人都闭居在室内，从不走到阳台上去看水仙花。

房间内少了一盆水仙花也没有人查问。直到次日清晨，阿毛叫了："啊哟！昨晚水仙花没有拿进来，冻杀了！"一看，盆内的水连底冻，敲也敲不开；水仙花里面的水分也冻，其鳞茎冻得像一块白石头，其叶子冻得像许多翡翠条。赶快拿进来，放在火炉边。久之久之，盆里的水溶了，花里的水也溶了；但是叶子很软，一条一条弯下来，叶尖儿垂在水面。阿毛说："乌者①，"我觉得的确有些儿"乌"，但是看它的花蕊还是笔挺地立着，想来生机没有完全丧尽，还有希望。以问阿毛，阿毛摇头，随后说："索性拿到灶间里去，暖些，我也可以常常顾到。"我赞成。垂死的水仙花就被从房中移到灶间。是为第三次遭的冻灾。

谁说水仙花清？它也像普通人一样，需要烟火气的。自从移入灶间之后，叶子渐渐抬起头来，花苞渐渐展开。今天花儿开得很好了！阿毛送它回来，我见了心中大快。此大快非仅为水仙花。人间的事，只要

---

① 乌者，意即"糟了"。

生机不灭,即使重遭天灾人祸,暂被阻抑,终有抬头的日子。个人的事如此,家庭的事如此,国家、民族的事也如此。

廿五〔1936〕年三月作

实行的悲哀[①]

寒假中,诸儿齐集缘缘堂,任情游戏,笑语喧阗。堂前好像每日做喜庆事。有一儿玩得疲倦,欹藤床少息,随手翻检床边柱上日历,愀然改容叫道:"寒假只有一星期了!假期作业还未动手呢!"游戏的热度忽然为之降低。另一儿接着说:"我看还是未放假时快乐,一放假就觉得不过如此,现在反觉得比未放时不快了。"这话引起了许多人的同情。

我虽不是学生,并不参与他们的假期游戏,但也是这话的同情者之一人。我觉得在人的心理上,预想往往比实行快乐。西人有"胜利的悲哀"之说。我想模仿他们,说"实行的悲哀",由预想进于实行,由

[①] 本篇原载1936年2月16日《宇宙风》第1卷第11期。

星期六之夜

希望变为成功，原是人生事业展进的正道。但在人心的深处，奇妙地存在着这种悲哀。

现在就从学生生活着想，先举星期日为例。凡做过学生的人，谁都能首肯，星期六比星期日更快乐。星期六的快乐的原因，原是为了有星期日在后头；但是星期日的快乐的滋味，却不在其本身，而集中于星期六。星期六午膳后，课业未了，全校已充满着一种弛缓的空气。有的人预先作归家的准备；有的人趁早作出游的计划！更有性急的人，已把包裹洋伞整理在一起，预备退课后一拿就走了。最后一课毕，退出教室的时候，欢乐的空气更加浓重了。有的唱着歌出来，有的笑谈着出来，年幼的跳舞着出来。先生们为环境所感，在这些时候大都暂把校规放宽，对于这等骚乱佯作不见不闻。其实他们也是真心地爱好这种弛缓的空气的。星期六晚上，学校中的空气达到了弛缓的极度。这晚上不必自修，也不被严格地监督。学生可以三三五五，各行其游息之乐。出校夜游一会也不妨，买些茶点回到寝室里吃也不妨，迟一点儿睡觉也不妨。这一黄昏，可说是星期日的快乐的最中了。过了这最中，弛缓的空气便开始紧张起来。因为到了星期日早晨，昨天所盼望的佳期已实际地达到，人心中已开始生出那种"实行的悲哀"来了。这一天，或者天气不好，或者人事不巧，昨日所预定的游约没有畅快地遂行，于是感到一番失望。即使天气好，人事巧，到了兴尽归校的时候，也不免尝到一种接近于"乐尽哀来"的滋味。明日的课业渐渐地挂上了心头，先生的脸孔隐约地出现在脑际，一朵无形的黑云，压迫在各人的头上了。而在游乐之后重新开始修业，犹似重新挑起曾经放下的担子来走路，起初觉得分量格外重些。于是不免懊恨起来，觉得还是没有这星期日好，原来星期日之乐是决不在星期日的。

其次，毕业也是"实行的悲哀"之一例。学生入学，当然是希望毕业的。照事理而论，毕业应是学生最快乐的时候。但人的心情却不然：毕业的快乐，常在于未毕业之时；一毕业，快乐便消失，有时反而来了悲哀。只有将毕业而未毕业的时候，学生才能真正地，浓烈地尝到毕业的快乐的滋味。修业期只有几个月了，在校中是最高级的学生了，在先生眼中是出山的了，在同学面前是老前辈了。这真是学生生活中最光荣的时期。加之毕业后的新世界的希望，"云路""鹏程"等词所暗示的幸福，隐约地出现在脑际，无限地展开在预想中。这时候的学生，个个是前程远大的新青年，个个是有作有为的好国民。不但在学生生活中，恐怕在人生中，这也是最光荣的时期了。然而果真毕了业怎样呢？告辞良师，握别益友，离去母校，先受了一番感伤且不去说它。出校之后，有的升学未遂，有的就职无着。即使升了学，就了职，这些新世界中自有种种困难与苦痛，往往与未毕业时所预想者全然不符。在这时候，他们常常要羡慕过去，回想在校时何等自由，何等幸福，巴不得永远做未毕业的学生了。原来毕业之乐是决不在毕业上的。

进一步看，爱的欢乐也是如此。男子欲娶未娶，女子欲嫁未嫁的时候，其所感受的欢喜最为纯粹而十全。到了实行娶嫁之后，前此之乐往往消减，有时反而来了不幸。西人言"结婚是恋爱的坟墓"，恐怕就是这"实行的悲哀"所使然的罢？富贵之乐也是如此。欲富而刻苦积金，欲贵而努力钻营的时候，是其人生活兴味最浓的时期。到了既富既贵之后，若其人的人性未曾完全丧尽，有时会感懊丧，觉得富贵不如贫贱乐了。《红楼梦》里的贾政拜相，元春为贵妃，也算是极人间荣华富贵之乐了。但我读了大观园省亲时元妃隔帘对贾政说的一番话，觉得人生悲哀之深，无过于此了。

人事万端，无从一一细说。忽忆从前游西湖时的一件小事，可以旁证一切。前年早秋，有一个风清日丽的下午，我与两位友人从湖滨泛舟，向白堤方面荡漾而进。俯仰顾盼，水天如镜，风景如画，为之心旷神怡。行近白堤，远远望见平湖秋月突出湖中，几与湖水相平。旁边围着玲珑的栏杆，上面覆着参差的杨柳。杨柳在日光中映成金色，清风摇摆它们的垂条，

湖畔小景

时时拂着树下游人的头。游人三三两两，分列在树下的茶桌旁，有相对言笑者，有凭栏共眺者，有翘首遐观者，意甚自得。我们从船中望去，觉得这些人尽是画中人，这地方正是仙源。我们原定绕湖兜一圈子的，但看见了这般光景，大家眼热起来，痴心欲身入这仙源中去做画中人了。就命舟人靠平湖秋月停泊，登岸选择坐位。以前翘首遐观的那个人就跟过来，垂手侍立在侧，叩问"先生，红的？绿的？"我们命他泡三杯绿茶。其人受命而去。不久茶来，一只苍蝇浮死在茶杯中，先给我们一个不快。邻座相对言笑的人大谈麻雀经，又给我们一种啰唣。凭栏共眺的一男一女鬼鬼祟祟，又使我们感到肉麻。最后金色的垂柳上落下几个毛虫来，就把我们赶走。匆匆下船回湖滨，连绕湖兜圈子的兴趣也消失了。在归舟中相与谈论，大家认为风景只宜远看，不宜身入其中。现在回想，世事都同风景一样。世事之乐不在于实行而在于希望，犹似风景之美不在其中而在其外。身入其中，不但美即消失，还要生受苍蝇、毛虫、啰唣与肉麻的不快。世间苦的根本就在于此。

　　　　　　　一九三六年阴历元旦写于石门湾

梧桐树 ①

寓楼的窗前有好几株梧桐树。这些都是邻家院子里的东西,但在形式上是我所有的。因为它们和我隔着适当的距离,好像是专门种给我看的。它们的主人,对于它们的局部状态也许比我看得清楚;但是对于它们的全体容貌,恐怕始终没看清楚呢。因为这必须隔着相当的距离方才看见。唐人诗云:"山远始为容。"我以为树亦如此。自初夏至今,这几株梧桐树在我面前浓妆淡抹,显出了种种的容貌。

当春尽夏初,我眼看见新桐初乳的光景。那些嫩黄的小叶子一簇簇地顶在秃枝头上,好像一堂树灯②,

---

① 本篇原载1935年12月16日《宇宙风》第1卷第7期,署名:子恺。
② 按作者故乡一带的风俗,人死后须在尸场上靠近头的一端点起树灯,树灯是一种点着许多油灯的树形灯架。

又好像小学生的剪贴图案，布置均匀而带幼稚气。植物的生叶，也有种种技巧：有的新陈代谢，瞒过了人的眼睛而在暗中偷换青黄。有的微乎其微，渐乎其渐，使人不觉察其由秃枝变成绿叶。只有梧桐树的生叶，技巧最为拙劣，但态度最为坦白。它们的枝头疏而粗，它们的叶子平而大。叶子一生，全树显然变容。

在夏天，我又眼看见绿叶成荫的光景。那些团扇大的叶片，长得密密层层，望去不留一线空隙，好像一个大绿障，又好像图案画中的一座青山。在我所常见的庭院植物中，叶子之大，除了芭蕉以外，恐怕无过于梧桐了。芭蕉叶形状虽大，数目不多，那丁香结要过好几天才展开一张叶子来，全树的叶子寥寥可数。梧桐叶虽不及它大，可是数目繁多。那猪耳朵一般的东西，重重叠叠地挂着，一直从低枝上挂到树顶。窗前摆了几枝梧桐，我觉得绿意实在太多了。古人说"芭蕉分绿上窗纱"，眼光未免太低，只是阶前窗下的所见而已。若登楼眺望，芭蕉便落在眼底，应见"梧桐分绿上窗纱"了。

落叶

一个月以来，我又眼看见梧桐叶落的光景。样子真凄惨呢！最初绿色黑暗起来，变成墨绿；后来又由墨绿转成焦黄；北风一吹，它们大惊小怪地闹将起来，大大的黄叶便开始辞枝——起初突然地落脱一两张来，后来成群地飞下一大批来，好像谁从高楼上丢下来的东西。枝头渐渐地虚空了，露出树后面的房屋来，终于只剩几根枝条，回复了春初的面目。这几天它们空手站在我的窗前，好像曾经娶妻生子而家破人亡了的光棍，样子怪可怜的！我想起了古人的诗："高高山头树，风吹叶落去。一去数千里，何当还故处？"现在倘要搜集它们的一切落叶来，使它们一齐变绿，重还故枝，回复夏日的光景，即使仗了世间一切支配者的势力，尽了世间一切机械的效能，也是不可能的事了！回黄转绿世间多，但象征悲哀的莫如落叶，尤其是梧桐的落叶落花也曾令人悲哀。但花的寿命短促，犹如婴儿初生即死，我们虽也怜惜他，但因对他关系未久，回忆不多，因之悲哀也不深。叶的寿命比花长得多，尤其是梧桐的叶，自初生至落尽，占有大半年之久，况且这般繁茂，这般盛大！眼前高厚浓重的几堆大绿，一朝化为乌有！"无常"的象征，莫大于此了！

但它们的主人，恐怕没有感到这种悲哀。因为他们虽然种植了它们，所有了它们，但都没有看见上述的种种光景。他们只是坐在窗下瞧瞧它们的根干，站在阶前仰望它们的枝叶，为它们扫扫落叶而已，何从看见它们的容貌呢？何从感到它们的象征呢？可知自然是不能被占有的。可知艺术也是不能被占有的。

廿四〔1935〕年十一月廿八日夜作

山中避雨 [1]

前天同了两女孩到西湖山中游玩,天忽下雨。我们仓皇奔走,看见前方有一小庙,庙门口有三家村,其中一家是开小茶店而带卖香烛的。我们趋之如归。茶店虽小,茶也要一角钱一壶。但在这时候,即使两角钱一壶,我们也不嫌贵了。

茶越冲越淡,雨越落越大。最初因游山遇雨,觉得扫兴;这时候山中阻雨的一种寂寥而深沉的趣味牵引了我的感兴,反觉得比晴天游山趣味更好。所谓"山色空濛雨亦奇",我于此体会了这种境界的好处。然而两个女孩子不解这种趣味,她们坐在这小茶店里躲

---

[1] 本篇原载1935年《新中华》第3卷第10期,原题《民众乐器》,署名:子恺。

山路寂顾客少

雨，只是怨天尤人，苦闷万状。我无法把我所体验的境界为她们说明，也不愿使她们"大人化"而体验我所感的趣味。

茶博士坐在门口拉胡琴。除雨声外，这是我们当时所闻的唯一的声音。拉的是《梅花三弄》，虽然声音摸得不大正确，拍子还拉得不错。这好像是因为顾客稀少，他坐在门口拉这曲胡琴来代替收音机作广告的。可惜他拉了一会就罢，使我们所闻的只是嘈杂而冗长的雨声。为了安慰两个女孩子，我就去向茶博士借胡琴。"你的胡琴借我弄弄好不好？"他很客气地把胡琴递给我。

我借了胡琴回茶店，两个女孩很欢喜。"你会拉的？你会拉的？"我就拉给她们看。手法虽生，音阶还摸得准。因为我小时候曾经请我家邻近的柴主人①阿庆教过《梅花三弄》，又请对面弄内一个裁缝司务大汉教过胡琴上的工尺。阿庆的教法很特别，他只是拉《梅花三弄》给你听，却不教你工尺的曲谱。他拉

---

① 柴主人，在作者家乡指替农民称柴并介绍顾主、从中收取少量佣金的人。

得很熟，但他不知工尺。我对他的拉奏望洋兴叹，始终学他不来。后来知道大汉识字，就请教他。他把小工调、正工调的音阶位置写了一张纸给我，我的胡琴拉奏由此入门。现在所以能够摸出正确的音阶者，一半由于以前略有摸 violin〔小提琴〕的经验，一半仍是根基于大汉的教授的。在山中小茶店里的雨窗下，我用胡琴从容地（因为快了要拉错）拉了种种西洋小曲。两女孩和着了歌唱，好像是西湖上卖唱的，引得三家村里的人都来看。一个女孩唱着《渔光曲》，要我用胡琴去和她。我和着她拉，三家村里的青年们也齐唱起来，一时把这苦雨荒山闹得十分温暖。我曾经吃过七八年音乐教师饭，曾经用 piano〔钢琴〕伴奏过混声四部合唱，曾经弹过 Beethoven〔贝多芬〕的 sonata〔奏鸣曲〕。但是有生以来，没有尝过今日般的音乐的趣味。

两部空黄包车拉过，被我们雇定了。我付了茶钱，还了胡琴，辞别三家村的青年们，坐上车子。油布遮盖我面前，看不见雨景。我回味刚才的经验，觉得胡琴这种乐器很有意思。piano 笨重如棺材，violin 要数十百元一具，制造虽精，世间有几人能够享用呢？胡琴只要两三角钱一把，虽然音域没有 violin 之广，也尽够演奏寻常小曲。虽然音色不比 violin 优美，装配得法，其发音也还可听。这种乐器在我国民间很流行，剃头店里有之，裁缝店里有之，江北船上有之，三家村里有之。倘能多造几个简易而高尚的胡琴曲，使像《渔光曲》一般流行于民间，其艺术陶冶的效果，恐比学校的音乐课广大得多呢。我离去三家村时，村里的青年们都送我上车，表示惜别。我也觉得有些儿依依。（曾经搪塞他们说："下星期再来！"其实恐怕我此生不会再到这三家村里去吃茶且拉胡琴了。）若没有胡琴的因缘，三家村里的青年对于我这路人有何惜别之情，而我又有何依依于这些萍水相逢的人呢？古语云："乐以教和。"我做了七八年音乐教师没有实证过这句话，不料这天在这荒村中实证了。

廿四〔1935〕年秋日作

纳凉闲话

昨夜天热,坐在楼窗口挥扇,听见下面的廊上有人在那里纳凉闲话。更深夜静,字字听得清楚,而且听了不会忘记。现在追记在这里:

甲:"天气真热!晚上,还是九十一度!"

乙:"不会九十一度的!恐怕你的寒暑表用火柴烧过了?"

丙:"前年我们办公室里有一个同事,他真的擦了一根火柴,把寒暑表底下的水银球烧一烧,使水银升到九十度以上,就借此要求局长停止办公。局长果然答允了。后来……"

---

① 本篇原载1935年8月5日《太白》第2卷第10期。

新竹成阴无弹射

甲："其实你们何必要求停止办公？办公，无非闲坐，闲谈，吸烟；停止办公，回家去也不过闲坐，闲谈，吸烟。"

乙："回家去倒要给妻子打差使，抱小孩，还是在办公室里写意呢。"

丙："写意也说不到。到底不像在家里的自由自在。况且没事闲坐，就吸香烟，要一支，夠一支，把香烟瘾头弄得蛮大，一个月的香烟费真不小呢。"

甲："我说现在的香烟，支头太长。其实普通人吸烟，吸了半支已够。后半支，大都是浪费的。你看他们丢下来的香烟蒂头，都是长长的。有的吸了三分之二，丢了三分之一。这不是浪费吗？我看，香烟应该改短一半。那么瘾头小的人吸一支已够，一匣可抵两匣之用。瘾头大的人不妨连吸几支。日本的香烟就是这样……"

乙："这话很对！尤其是我们做教师的人，嫌香烟太长。在休息的十分钟里，一支香烟总是吸不了。吸到半支，上课钟已打出，烟瘾也差不多了。丢了这半支,觉得可惜。用茶杯压隐①了,第二次烧着来吸,味道很不好;有时焦头点不着,却烧着了烟支的中部,烧得乌烟瘴气,无法再吸,终于丢了这半支。"

甲:"这有一个方法,我也是吃教师饭的朋友告诉我的,不妨传授给你:你点着后半支香烟时,不可衔在口里用力抽吸。须得同点香一样,先把焦头烧红,养一养灰,然后再吸。吸时就同一气吸下来的一样,不觉得它是第二次再点的了。这赛过做文章里的承上启下,一气呵成。"

丙:"你真是个文人,三句不离本行。怪不得文坛要兴发起来,阿猫阿狗都是著作家了。现在的杂志真多呢!我是连杂志名字都记不得许多,哪有工夫阅读?就是有工夫也没有许多钱来订阅。"

乙:"我只订了一份××杂志。每次寄到来,看见包纸上不贴邮票,这是怎么样的?大概他们是因为

---

① 隐,江南一带方言,意即:熄,灭。

寄出的份数多了,向邮局总付的?"

丙:"当然啰!份数多了,贴贴邮票和打打邮印的手续多麻烦!乐得大家省了。"

甲:"现在的邮票真奇怪:一分邮票总是四分改成的。好好的四分邮票,都加印'暂作一分'四个红字,当作一分用。"

乙:"钞票假如也好改,我要去买'暂作十元'四个铅字来,印在我的一元钞票上,把它们当作十元钞票用呢。"

丙:"改钞票犯罪的,造假钞不是要杀头的吗?"

乙:"唉!讲起杀头,我现在还害怕!前天上午我在马路上走,看见许多兵马簇拥了一个人去杀头。那人坐在黄包车里,手脚都绑牢,口里正在说些什么。你道这样子多可怕!"

甲:"我想那拉黄包车的更加难过呢。教我做了黄包车夫,我一定不要做生意,哪怕他给我十块钱。"

乙:"也是现成话。当真做了黄包车夫,给你一块钱也拉了。一块钱！拉一天还拉不到呢。"

丙："你不要说，黄包车夫的进账真不小呢。生意好，运气好起来，一天拉二三块钱不希奇。他们比我们做办事员的好得多呢。"

乙："你也不要同黄包车夫吃醋！他们到底苦，体力消耗得厉害。听说拉车只拉一个少壮时，上了四五十岁就拉不动。而且因过劳而早死的也有。"

甲："富人遭绑匪撕票，不是死得更苦吗？我看，做人，穷富都苦。都要死在钱财手里。古语云，'人为财死，鸟为食亡。'"

丙："鸟为食亡，也不见得。我们局长养了七八只鸟，天天在喂蛋黄米给它们吃呢。我们做人实在不及做这种鸟写意。"

乙："他养的什么鸟？"

丙："竹叶青，黄头子，芙蓉……都是叫得很好听的。我坐在办公室的窗口，正听得着鸟声，听了要打盹。"

甲："听说你们的局长太太是音乐学校毕业的，唱得好歌。你听见过吗？"

丙："什么音乐学校？一个女戏子呀！我只见过一次，十足摩登。"

甲："摩登这两个字原来意思很好，到了中国就坏化了。"

乙："无论什么东西，到了中国就坏化。譬如鸦片，原来在外国是一种救人的药，到了中国就变成害人的毒物。吸了废事失业，吞了还可以自杀。"

甲："自杀也不关鸦片事。前天我到药房买'来沙尔'，他们说不卖，要医生证明才肯卖，说道这是防止自杀。真可笑！触电也可以自杀，跳河也可以自杀，何不把电灯一律取消，把河一概填塞？"

丙："来沙尔是什么用的？"

甲："这是滴在洗脸水、洗浴水里的。气味像臭药水，夏天用了爽快，而且有消毒效果。我是年年用惯的。今年却买不到。"

乙："叫我哥哥给你证明好了。"

甲："那很好。听说你哥哥和嫂嫂已经离婚了，曾在报上登过声明？"

乙："是呀！我的嫂子实在太那个，……况且她有狐臭。"

丙："狐臭究竟怎样来的？可以医的吗？"

乙："医不好的！这种病的确讨厌。尤其是在这两月夏天，遇着患这病的人非远而避之不可。"

甲："听说杨贵妃也是患狐臭的。不知唐明皇怎么会宠爱她？"

丙："也许后人传讹。也许她的姿色的确不差，掩过了这缺陷。你看梅兰芳扮的贵妃醉酒，多么动人！"

乙："梅兰芳正在俄国出风头呢！俄国人怎么会看得懂中国的旧戏，而那样地称赞他？我想……"

甲：打个呵欠，换一种语调说："喂！我们今晚为什么讲到了梅兰芳？"

在这句话之下，三人都笑起来。于是大家跳出了"纳凉闲话"的圈子，来追溯刚才的话头。从"梅兰芳"起，一直追溯到甲开场说的"天气真热！"好似一串链条，连续不断。因此我听了也不会忘记，能给他们记录如上。

廿四〔1935〕年夏日作

记音乐研究会中所见之一[①]

为了我要看胡适之先生的《敬告日本国民》及室伏高信对他的通信,有一位朋友把最近几期《独立评论》寄送我。我看过了要看的之后,翻阅其他,发见该刊第一七八号中有一篇署名向愚的《东京帝大学生生活》。其中有这样的几段:"上课的时候并不打钟或摇铃,时间到了,大家进课堂等候。先生普通是过了规定的上课时间二十分钟上下才进课堂来的。先生没有进来之前,学生安静的等候着;先生将要来了,脱下雨衣、大氅和帽子,扣好了扣子;先生进来了,起立致敬。学科除了必要时用原文课本外,什么讲义也

[①] 本篇原载1936年2月1日《宇宙风》第10期,当时题名为《记东京某音乐会中所见》。在1957年版《缘缘堂随笔》中有删改。

没有。先生讲，学生笔记。教授们都是留学过德国和英美诸邦的，讲述的时候，日语、德语和英语掺杂在一块儿，学生们过去在高等学校（大学预科）时代已经受了德语和英语的训练了，所以毫无困难的埋头把先生所讲的东西笔记下来。两小时的功课是连下去的，先生认为到了该结束的时候了，也就结束了，并不等到规定的下课时间之到来。下课的时候，学生仍是起立致敬，一种尊敬师长的空气笼罩了全课堂。""上课的时候，并没有查堂或点名的事情，而从没有看见过学生缺课。因为他们深切的明了他们目前所为的是何事。""学生进图书馆时要将学生证交给坐在二门门口的看守者看，同时把帽子脱下来。千百个人静悄悄的或是整理课堂的笔记，或是看自己带来的先生的专门著作（帝大教授每一个人都有他的有系统的专门著作），或由图书馆借下来的书籍，整天的工夫或半天的工夫，一双眼睛注视在书籍上面，没有倦容。他们这种勤学苦干的精神，令人觉得明治维新到今日不过几十年，把一个国家弄到这种田地，并非偶然。"

我读了这几段颇有所感，忆起了我所不能忘却的，十五年前在东京某音乐研究会中的所见。

日本学生的勤学苦干的精神，真是可以使人叹佩的。而我在某音乐研究会中所见的医科老学生的勤学苦干的精神，尤可使我叹佩到不能忘却。他的相貌和态度，他的说话和行为，我到现在还能清楚详细地回忆起来。

那一年的春天，我到东京一个私办的音乐研究会去报名，入提琴（violin）科。缴了每月五元的学费，拿到一张会员证。会的规则，每天下午自一时至六时之间，皆可凭会员证入会研究，迟早却随便。他们原是适应有正业的人的业余研究而创办的。但所谓研究，其实只有头二十分钟受先生指导，其余的时间只是自己在练习室里熟练。我因为住的是旅馆，练起提琴来恐怕邻室的人嫌烦恼，不如就在研究会中练习，来得放心，所以每天一点钟就去，直到五六点钟方才出会。会址只有两楼两底和一个扶梯入口。楼上是提琴科，楼下是洋琴科〔钢琴〕。扶梯入口处放一只桌子，桌子旁边坐着一个事务员兼门房的人，我的会费交此人收领；每天到会时，也请此人检验会员证，然后上楼。楼上两间房间中，外间很大，是练习室。壁上挂着许多提琴，（大概是五块钱一只的起码货），不曾自备乐器的人可以自由借用，四周地上立着许多谱台，会员也可自由使用。此外并无一物。因为地上是席子，休息时尽可在地上坐卧。内间很小，但又用板壁划分为二，是两位教师住的房间，但每间里面只有一个桌子、两个椅子和两个谱台。教师从下午一时起至六时，即来到室内，等候学生轮流进去请教。（轮流的次序，以名牌为凭。我们一到会，先从事务员受得一张名牌。拿了名牌上楼,依照到会先后,顺次挂在内室门口的名牌板上,先生开始授业时,即依名牌的次序顺次受教。)教师一男一女,男教师教已有研究的老学生,女教师教初学提琴的新学生。我是初学提琴的新学生,当然受业于女先生的门下。有生以来,向女先生受教,这是最初次,又是最后次。我最初感到一种无名的不快。但受教了几天以后,就释然了。因为那位女先生的态度极诚恳,教法极良好,技术又极高明,只得使人心悦诚服。我因为没事,到会最早,往往第一个受课。因为外面还没有人到,先生教的很从容,除详细指导奏法外,这位女先生常常和我谈谈个人的事和中国的事。她是东京音乐学校的初年级主任教师,上午在该校授课,下午到这里授课。她对中国音乐很景仰,有一次对我说,"中国音乐是神圣的,可惜失传了。"

上面所叙述的,是我当时的环境,也是我们那位医科老学生的环境。我入会后的数星期,新来一个会员。其人身躯短小,脸上表出着多数日本人所共有的特色：浓眉，黑瞳，青颊，糙脸皮，外加鼻尖下一朵浓胡子。他的脸上少有笑颜，态度谨严，举止稳重，他大约是三十几岁的中年人了。他每天要到二点多钟，方始急急忙忙地上楼来。把名牌一挂，就开始练习。他所占的练习位置，与我相邻。因此他一来就同我招呼。他见我是先进，每天把提琴托我校弦。因为他自己还没有置备提琴，每天借用会里的乐器；而会里的乐器，弦线都是没有校正的。我同他相邻站着练习，他的练习我都能清楚听到。他的手法很生硬：左手摸音全然不当，以致音程完全不正。右手擦弓非常笨拙，以致发音非常难听。最初几天我也不怪，因为初学提琴，总不免一时难于入门的。过了好几时，有一次，我故意停止了自己的练习，听听他的练习看，想知道他练到第几课了。（我们所用的练习本是相同的。）但听了好久，总听不出来。我疑心他所用的练习本与我所用的不同。不然，难道他迟来反比我先进，已经练到我所没有练过的地方了？于是我乘势休息，把我的琴搁在谱台旁，闲步到他身边去，偷看他的乐谱。原来他所用的书同我的并不两样。而展开着的还只是开头某页；他所热心地练习着的，正是很浅易的某一课。我的心中有些儿惊异：这种练习课都是我所熟弹过的，应该一听就可以知道是某课。何以他所弹的我竟一句也听不懂，好像完全不是这册书里的乐曲呢？于是我用了侦察的兴味，偷看他的眼睛所注视的谱表，又偷看他的左手指所摸的弦线。久而久之，方才知道他所弹的确是这一课的乐曲，只因左手摸的太不精确，故音程不正；右手拉的太生硬，故发音嘈杂；外加拍子全然不讲，于是乐曲中的音符犹如一盘散沙，全不入调。怪不得我听了莫名其妙。我看出了：他是一个全然没有音程观念，没有手指技巧，没有拍子观念，又没有乐谱知识，而冒昧地入这研究会，冤枉地站在这里练习的人。我确定了这观察后最初的冲动，是想立刻夺了他手中的乐器，谆谆地忠告他说："你拉的完全不对！你是完全没有音乐先天的人！你不配学提琴！你还是趁早退出去罢！"然而我没有如此做。于是这冲动就一变而为怜悯。我从他背后看看他的骨瘦棱棱的项颈，带着灰白的头发，伛偻的背部，和痉挛的两臂，又听听他那不成腔调的演奏，"Kawaisoda！〔可怜！〕"这一句日本语不期地浮出了我的脑际。

当我正在怜悯他的时候，另一个日本人的会员也走近来，和我一同站在他背后参观他的演奏。这个人参观了一会儿，哑然地笑出，旋转头来对我使个眼色，便昂然地走了开去。他的笑和眼色，分明地表示着他也已看到了我所看到的情形，仿佛是在对我说："这样的人也会来学提琴的！你看奇不奇？"这个人大概不知道我是外国人的。不然，他已忘怀于国际界限了。于是我对于我身边这个可怜的练习者，也忘怀了国际的界限，觉得不能袖手旁观了。我因有替他校弦的历史，就老实不客气地装作先进者，用手扣他的肩膀，说道："你的拍子弹错了！"他旋转头来一看，停止了弹奏，谦虚感谢地对我说道："这东西很难弹呢！我实在要命了！请你替我校正校正！"就把琴递给我。我为他指出拍子错误的地方来，弹一遍给他听了，然后把琴交还他。于是他热心地学习，向我提出了种种疑问——程度都是很幼稚的，但态度却是很认真的。例如关于音程的摸不正确，他问我"各指的距离有否一定的尺寸？""可否在弦线上用墨划个记号？"诸如此类，都认真得可笑。然而我对他的友谊的指导，在他极少有利益。因为指导过后，听他弹奏起来，比前好得有限。指导的地方改正了些，未经指导的地方仍是错误。这可见他不是根本理解，乃是局部硬学，其结果仍旧是可怜的。

　　从此之后，他对我的交谊深进了一步。这一天五点过后，大家将要散出，坐在席上吸烟的时候，他就同我谈起平生来。这时候我方才知道他是离东京很远的乡下人，是某医科学校的学生。为了平生缺乏艺术的修养，因此利用课余的时间，来这里选习提琴。他告诉我，他将来还想到德国去，德国是音乐很发达的地方，所以他决心研究音乐。说到"决心"两字，他的态度十分认真，把头点一点，表示他是一个有志者。我觉得这是日本青年所特有的毅力与真率的表示，在中国是见不到的。中国青年因怕倒楣，说话就调皮。即使想到德国去，事前一定不说，或者偏说"不去"。即使抱了研究音乐的决心，也不肯向人宣布，或者反说"我一定学不好的"。他们以为说"不去"而"去"了，说"一定学不好"而"果然学好"了，是"有面子"的，"光荣"的，"巧"的。这原是出于自爱之心的，不能说它是恶德；但弄巧成拙，"虚伪""懦怯"往往也从这里产生。与其如此，倒不如这位日本医科老学生的天真可爱了。闲话少说，我当时听了这位医科老学生的自白，在心中窃笑他的不自量力。便问："你为甚么选习提琴呢？听说德国洋琴音乐最发达，而且洋琴比提琴容易入门。你何不选习洋琴呢？"我这话的重心，在于"而且"以下的数语。但他似乎听不懂，答道："提琴音色优美，而且提带便利。听说这是西洋乐器中价值最高的一种，我非选择它不可。"我再没有话好说，只有"Sodesuka？ Sayonara！〔原来如此？ 那么再会！〕"这一天我们分别时，我心中认定他是一个可怜的无自觉的妄人。

然而他后来的言行，渐渐地把我对他的观念改良起来，直到使我钦佩他为止。第二天下午，他去受课的时候，我正在休息时间。被一种"冷酷"的，或者可说是"幸灾乐祸"的好奇心所迫，我就跟进去听。女先生的教室有两扇短的自关门，像我国菜馆里所常见的。我站在门外可以看见他和女先生的脚的行动，又听到他们的谈话。但见这位医科老学生走进之后，不请授课，却放下提琴，恭敬地站着，向女先生谈话起来。他们的谈话大致如此：

"先生：你看我有没有学会提琴的希望？"

"嗳？——你当然有的！"

"昨天那位同学告诉我，我的音程，拍子，和手法都很不对。先生看究竟如何？"

"你的练习的确还在初步。但是初学这乐器，总有相当困难，你来这里不到一月呢！虽然进步不能算快，但也不算最慢。只要认真练习，不灰心，一定有成功的希望。拍子的正确，是音乐学习上最根本的要件。你可以这样去练习……"

管弦乐队

以后女先生所讲的都是关于音乐学习法的话，医科学生热心地谛听。随后女先生拿起提琴，用她那穿着草鞋的脚在楼板上用力按拍，实际地教导这医科学生拍子的练习法。这时候我就退出，自去练琴了。

自此以后，我的邻席的练习非常勤苦。我们普通的规则，练习廿分钟，休息十分钟，同绘画研究会里的模特儿一样。但当大家休息的时候，这位医科老学生独不休息。于是他的琴声单独地响着，给大家清清楚楚地听到。他的拍子和音程固然比前正确了一半，但是还有一半仍是不正确的，引得休息的人大家默笑。然而他完全不顾，旁若无人地只管练习。

我在这研究所练习，一共六个月，弹完了练习书第三册而退出。医科学生比我迟二三个星期入会，但当我退出的时候，他还没有弹完第一册。然而他的练习已经渐上轨道，拍子和音程固然相当地正确了，拉的手法也相当地纯熟了。这时候我心中真心地赞美

"苦学万能！"这个可怜的不自量力的妄人，我最初曾经断定他是永远不能入音乐之门的。不料他的毅力的奋斗果然帮他入了音乐之门。以后造就虽然不可知，过去的进步已成确凿的事实了。我退出研究会的时候，他对我热诚地惜别，又谢我对他的屡次的指导。他说："全靠你的友谊的指导，我的音乐进步了些，虽然进步得很慢。"我对他的毅力十分钦佩，但是没有话可说。现在我想：我国古人教人习字时须坐得端正，有"非是要字好，只此是学"的话。这位提琴练习者的音乐的造就，可想见其一定不大；然而他的精神的确可佩，可说是"非是要乐好，只此是学"了。现在我又想：西洋寓言中有龟兔赛跑之说，我当时总算比他富有音乐的先天，得到三与一之比的成绩。但照他的毅力，十五年来，恐防已经像他所决心的留学德意志，学成了医学与提琴的专家而"归朝"，已达到"有志者事竟成"的地步，亦未可知。而我归国后就为生活所逼，放弃提琴，至今已十五寒暑未曾重温旧业，眼见得今生不会再有从提琴上获得感兴的日子了。那么我们的提琴练习就像龟兔赛跑，他是那胜利的乌龟，我是那失败的兔子，可胜叹哉！

想起了上述的所见，我觉得《独立评论》那篇文章中"他们这种勤学苦干的精神，令人觉得明治维新到今日不过几十年，把一个国家弄到这种田地，并非偶然"的话，并非偶然。

胡适之先生《敬告日本国民》中有云："日本国民在过去六十年中的伟大成绩，不但是日本民族的光荣，无疑的也是人类史上的一桩'灵迹'。任何人读日本国维新以来六十年的光荣历史，无不感觉惊叹兴奋的。"我想，这个"灵迹"，大约是我在东京某音乐研究会中所见的医科老学生及向愚先生所述的帝大学生之类的人所合力造成的。但我的所见，已是十五年前的旧事，不足为凭了。据向愚先生所说，现在东京帝大学生的思想"萎靡不振，令人太失望了"。又帝大的文学部心理学科讲师户幡太郎说，现代日本学生的思想，已由"唯物史观"转向到"就职史观"了。唯物史观不论是否，总是一种人生观。就职史观就是只求有饭吃,不讲人生观了。这是何等的萎靡不振!若果如此,那种毅力和勤学苦干的精神,今后对日本"非徒无益,而又害之"了。

廿五〔1936〕年一月九日作

记音乐研究会中所见之二[①]

整理旧书,偶然检出一册手抄的乐谱来。暗黄的封面已经半旧,蓝墨水的颜色已变成深黑。我对这册书似乎曾经有过密切的关系。翻看内容,都是附着洋琴〔钢琴〕伴奏的怀娥铃〔小提琴〕曲谱。从曲题的文字上,可以显然认识它是我自己的手笔。但是什么时候,为了什么,在什么地方抄写这册乐谱的? 一时自己也记不起来。翻到末页,看见底封面的里面横斜地写着三行英诗,也是我自己的笔迹。其文曰:

What is in your heart let no one know;

---

① 本篇原载1936年3月1日《宇宙风》第12期,原名《林先生》。

When your friend becomes your foe,
Then will the world your secret know. ①

读下去音调很熟,意味也很自然,好像是曾经熟读而受它感动过的。对卷沉思了一会,字里行间忽然隐约地现出一副毛发蓬松的林先生的脸面来。别的回想也就跟了它浮到我的脑际。

林先生是十六七年②前我在东京时的音乐先生。他的名字叫什么,我已忘记,但记得我叫他 Hayashi(林)先生。他住在东京最热闹的电车站之一的春日町的附近的一条小弄里。他的音乐私人教授的招牌上画着指路箭,挂在从春日町望去可以看见的地方。我到东京后,先在某音乐研究会中练习了几个月怀娥铃。技术上了轨道之后,嫌那研究会中的先生所教的基本练习书太枯燥,想换一个私人教授的地方去,点

---

① 英文,意即:"你心里想的,别让人知道,当你的朋友变成你的敌人时,你的秘密就被世界上的人知道了。"
② 十六七年,应为:约十五年。

品学些怀娥铃独奏的短曲——尤其是夜曲之类的抒情曲，因为我当时酷嗜这种音乐。有一天，我在春日町望见了这块招牌，就依路箭所示，转进铺着不规则形的石块的小弄，寻到他家里去索章程。他的家的表面，只有一扇开着的门，门内装着一部扶梯，扶梯上头有隐约的琴声，却不见一个人影。我入门，只得喊声gomen（对不起），跨上扶梯去。走完扶梯，吃了一惊。那扶梯所导入的长方形房间中，四周有许多人围着一张长方形矮桌，在靠墙脚的席地上正襟危坐。矮桌上放着一只形似香炉的香烟灰缸，此外别无他物。这印象现在我想起了还觉得诧异，好似谁从庙里搬了许多罗汉像来，用香炉供养在家里。我对他们说："请给我一份章程。"一时无人接应，后来坐在门口的一人向矮桌子底下摸了一张纸，默默地递给我。我接受了走下扶梯时，但闻内室琴声乍起，悠扬婉转，一直护送我到门外铺着不规则形的石块的小路上。

第二天早上，我去报名，一个穿和服的毛发蓬松的男子出来接应。后来我知道他就是音乐教师林先生。

林先生教的洋琴〔钢琴〕（piano）、提琴（violin）与大提琴（cello）三科，学费相当的贵，每人每月六元，每星期受课三次。他先问我有否学过音乐。知道我已有些基本练习经验，然后许我入学。我选习的是提琴科，而且指定要学提琴的小曲。他教我买一册 Light Opera Melodies（轻歌剧旋律），就从这一天教起，每日下午三四点钟来学。这一天下午，我带了新书和提琴到课，所见的情形与昨日相同。这时候我才知道：扶梯室内的许多罗汉像，都是坐着等候顺次受教的学生，而林先生这个塾中，除了他一人以外，是没有家族、仆人或办事员的。于是我也依来到的先后，挨次坐着静候轮番。教室就在隔壁，先生在教室中按叫人铃，我们中就有一人进去受教。这人课毕退出，即下楼归家。第二次叫人铃响时，第二人继续进去受教。每人的教授时间久暂不一，平均每人要一刻钟。但我坐着等候轮番，并不觉得十分心焦。因为琴声可以分明地听见，而学生大概都有相当程度，所教奏的乐曲不是浅近枯燥的基本练习，都是富有趣味的名曲。若是提琴或大提琴，林先生必用美丽的洋琴伴奏来帮助他学习。这在我们旁听者，不但有兴味，又有借镜、观摩的利益。因这原故，扶梯上等待室中的人，大家像罗汉像一般的正襟危坐，绝无喧扰。有些人，课毕后还不肯返家，依旧坐在等待室中，专为旁听。

　　林先生的教法，严格而有趣味。对于没有弹熟旧课的人，绝对不教新课，只是给他一番勉励和几点指示，然后教他把已经弹熟的乐曲演奏一遍，自己用伴奏附和，圆满地奏毕一曲，然后放他回去。学习者为求进步，自会用功起来，每次把旧课练得烂熟，然后去受课。于是林先生兴味蓬勃，伴奏时手舞足蹈；同时那毛发蓬松的颜面又随了曲趣而装出种种的表情来，以助长音乐的气势。故虽曰教授，所演奏的音乐都很圆熟，有如音乐会中的所闻，无怪学习者都愿意逗留在等待室旁听了。先生的技术非常纯熟：自己一面弹着复杂的伴奏，一面还要周详地顾到学习者，时时用嘴巴、眼色或态度来当作记号，预先通知学习者难关的来到，缺陷的校正，和演奏上种种注意点。所

村学校的音乐课

以学习者的课业即使练得未曾十分纯熟，得了林先生的帮助自会顺水推船；倘然已经练得十分纯熟，得了先生的伴奏而演习便有浓厚的兴味。我还记得：当年在东京时最大的乐事，是练熟了乐曲而去请林先生伴奏。

有一次，为了要听同学某君的受课，我课毕不还家，逗留在等待室中。直到全体退出，我方动身。不期林先生开门出来，见我早已受课而最后退出，惊奇地问："你为什么到现在才回家？"我直告所以，并且说爱听先生的伴奏。他留住我，和我闲谈起来。讲了许多音乐上的话之后，又问我中国的情形和我个人的情形。他不断地吸纸烟，不断地想出话题来问我。我知道他现在是结束了一天的教授工作，正在要求一个人同他闲谈，以资休息而解沉闷。我也问起他个人的情形，他很愿意告诉我。由此我知道他是一个孤寂的独身者，曾经在本国音乐学校毕业，又到德国研究。回国后就在这条东京的小弄里开设个人教授，十年于兹。每天自上午九时至下午五时，不绝地教人或伴人奏乐，生活很是呆板而辛苦。他自己说："我是以音乐为生活的。"说着，伸出两只手给我看。手指尖上的皮厚得可怕，好似粘着十张螺钿。我曾经听同学的人说，这位先生生活很古怪，除音乐外，别无嗜好。平日足不出户，也无朋友来访。日出而作，日入而息；除了以教授糊口之外，无求于世，世亦无求于他。这时候我从他手指尖上的十张螺钿看到他那细长的手，筋肉强硬的臂，由于长年的提琴担负而左高右低了的肩，以及他那不事修饰的衣服，毛发蓬松的颜面，几乎不能相信教课时那种美丽的音乐，是这个身体所作出来的。我便想象，他的身体好比一架巧妙的音乐演奏的机器，表面虽因年代长久而污旧，里面的发条、齿轮、螺旋等机件都很齐全、坚强而灵便，是世间上无论何种真的机器所不及的。又想：人间制作音乐艺术，原是为了心灵的陶冶，趣味的增加，生活的装饰。这位先生却屏除了一切世俗的荣乐，而把全生涯供献于这种艺术。一年四季，一天到晚，伏在这条小弄里的小楼中为这种艺术做苦工，为别人的生活造幸福。若非有特殊的精神生活，安能乐此不倦？于是我觉得这个毛发蓬松的人可敬，这双粘着螺钿的手可爱。看他的年纪已进五十，推想他这种生活的延长，至多也不过数十年罢了。我私自扼腕：可惜这种特殊的精神，这种纯熟的技术，托根在不久行将衰朽的肉体上，不能长存于世间。因此便问："先生自编的伴奏谱，可曾出版行世？"他说："不愿意出版。但你喜欢时可借去抄。"这一天告别时我就借得了数曲，拿回去抄在一册暗黄色硬面的乐谱练习簿上。

此后我为欲借乐谱和质疑，屡屡最后退出。而林先生心照不宣，课毕时把门推开，探头出来望望看。见我留着，照例笑着点点头，拿着一支点着的香烟，出来和我闲谈。这种机会积多起来，使我相信林先生确是一个孤独而古怪的人。我从五时一直坐到天黑，从未看见有人来访，也从未听说他自己要出门。只有隔壁的一个老太婆，是他的房东兼短工，难得来供给一壶开水，或是替他买一包香烟。稔熟之后，他有时引我走进他的卧室 —— 他家一共只有三间房间，扶梯顶上是等待室，隔壁是教室，再隔壁是他的卧室，——我看见室内除了几架音乐书谱及一小桌、数蒲团以外，只有壁间挂着两幅壁饰：直的一幅是乐圣贝多芬（Beethoven）像；横的一幅是用毛笔写的三行英诗，就是前面所揭的三句，笔致是篆文的，而字是英文的。诗的文句很神秘，当时我便记在心头，归家后把它们写在乐谱的底封面里。我觉得这三句诗与林先生的生活很调和。以后每逢去上音乐课，每逢见了林先生，每逢见了这册书，甚至每逢经过春日町，心里必暗诵起这三句诗来。直到我辞别林先生，离开东京为止，这三句诗常在我的心头响着。

我归国后即疏远音乐技术，十六七年长把这册乐谱填塞在旧书篋底。这诗句的观念与林先生的印象，也在这十六七年中渐渐淡薄，几乎褪尽。这回因整理旧书而重寻旧事，好比把一张退色的照片用线条来重描一遍。虽然失却了照相原来的写实风，却另得了一种画意与诗趣。

廿五〔1936〕年二月十一日作

记乡村小学所见[①]

最近我因某种机会，在一位当乡村小学校长的朋友家里住了数天，目见耳闻该校种种状况，无不感动。就把所见闻的记录出来，以供关心教育事业的参考。

这学校的校舍是会馆里面的三间祠堂屋，房租可以不出。其进出须得通过会馆的停柩所。数十具大大、小小、新新、旧旧的棺材，分列两行，中间留一条路。好像两排卫队，天天站在那里迎送五六十个小学生和三个先生的来去。学校的收入，除官家津贴每学期七八十元之外，还有五六十个学生的学费。虽然有一半以上的人不缴学费，但也有四分之一以上的人缴费，

---

① 本篇原载1935年4月1日《论语》第62期。当时题名为《俭德学校》，后稍加删改，并改为今名。

每人都缴大洋一元。故这学校每学期的收入一共也有百元左右，若以十年而论，其收入就有二千元之谱。

我的朋友家里有些薄田可以糊口，原不靠教书吃饭。他自己做校长，又兼教师。另外请一位本地老先生做专任教师。此人驼背，每天早晨拿着长烟管和铜茶壶鞠躬如也地到校，中午又鞠躬如也地回家吃饭。吃过了再到校，直到四点多钟再回家。全校取复式教授，共分二班。校长专任一班，驼背先生专任一班。两人都每天自早晨到晚快，尽瘁地教授；而驼背先生尤可谓鞠躬尽瘁。还有一位教唱歌体操的小先生，是一个十五岁的青年，新从本地高小毕业出来，就荣任该校的插班教师，每星期来三个半天。我数月前来此，还看见他挟了报纸做的书包进高小读书；这回就看见他站在该校的黑板前教书了，后生可畏！

小先生虽然也是该校的教师之一人，但在薪水支配上只算是小半个。校长同他约定，每学期致送薪敬大洋十元。其余的由驼背先生和校长二人四六分派。这支配很公平：校长有创办之功，又有对外之劳，理应得六成。驼背先生每天鞠躬尽瘁，理应与校长共存同荣。小先生究竟每星期只来三个半天，虽限定十元，但县税及学费减少时对他没有影响，可说是"坐得"的。其余二人虽不坐得，但只要县税与学费不减少，以十年而论，校长先生所得有千元之谱，驼背先生所得也有六百元左右。因为该校除了每天限定的几个粉笔头之外，全无别的杂用，其消耗节俭之至，差不多全部收入是薪水。

但这节俭是近来励行的。听说在几年前，该校也有各项杂用开支。例如草纸，向来是由学校供给的。但因孩子们"食多屎多"，不断地登坑，或者并无大便，故意约伴登坑；浪费草纸。每月学校开支的草纸费也要一元左右。现在改令学生自备草纸来校登坑，则不但每月一元左右的草纸费可以从俭，每月两三坑粪的外快收入仍旧可以不减。又如饮料，先前由学校买茶叶泡茶，后来为注重卫生而提倡节俭，改用白开水。但在米珠薪桂的年头，白开水也要柴烧，每日也须浪费几个铜板的柴钱，所以现在索性把饮料一项取消了。据校长先生说，这不仅为节俭，也是注重卫生。因为那班学生课余无赖，只管捧着茶杯饮水，饮料过多而无益，也有害于卫生。全校都是走读生，大可让他们在家里饮了茶来校，不但学校可以节省工本，学生饮茶有定时定量，也是好处。故以上两项节省，都是省得有益的。不能省的只有粉笔，几册纸簿，和改写字卷子用的洋蓝和洋红。粉笔一星期限定用几枝，且在办公桌旁贴一张纸条，上写"粉笔用后请带回"。这又不但为节省粉笔，同时防止学生在门窗板壁上漫涂，也可收得清洁和卫生之益。至于纸簿，全校每学期所费不过几角钱。这几角钱的生意规定归某纸店，算帐时规定赠送洋红洋蓝各一包。每包可以泡水一大瓶，尽够一学期中批改书法和算术之用。除此以外，全无别项杂用开支。校工当然不需要，偶有扫除工作，驼背先生和年长的学生都能兼任。驼背先生的旱烟袋里缺乏了粮草，或者铜壶里缺乏了开水的时候，规定由两个学生奔走当差——一个是老烟店里的儿子，一个是小茶店里的儿子。三个铜板老烟，常比普通六

"吃茶"

个铜板一包的更大。泡开水出了一千铜板之后，可泡了十几回之后再出。即使不出也不妨，因为驼背先生原是这小茶店的老主顾，每天规定去吃两次茶的。

　　说起了驼背先生的吃茶，我非把他的私人生活描一轮廓不可。前面说过，我的朋友家里略有薄田可以糊口，并不专靠做校长吃饭。但做校长也是"乐得"的。因为在家里也要吃饭，做校长的收入可算是外快，况且名利双收。小先生家里开豆腐店，生意还过得去。他的父亲和祖父都是本作的工人，向来一字不识。到了小先生这一代，家里忽而书香起来。就这一点，已使小先生的父亲和祖父十分光荣而满足。莫说校长每学期送他十元，就是叫他每月倒贴几元，豆腐店老板也是高兴的。故校长和小先生都不靠学校吃饭。靠学校吃饭的是驼背先生。他先前是秀才，曾经在家里坐私塾。校长先生兴办这学校时，他率领部下归并于学校。他是这学校的柱石功臣，所以校长先生不当他普通教师看待，而视同股东，同他订下四六分派的条件，永与共存同荣。驼背先生家里有一妻一子二女。房子是自己的。不须出租钱。其余一家五口的衣食，全在学校经费开支所余的四成上开花。这四成在过去每年有百元左右，现在只得七八十元。在都会里大进大出的人听了这话要替他的生活担心。其实他的生活比你们舒服得多：除了一家五个吃饱穿暖以外，驼背先生还可吸老烟，而且每天规定到小茶店吃两次茶。十余年来他家里还颇有些儿积蓄。常有乡下人以三分息向他想法五块十块的借洋。这是什么道理呢？无他，他有非常精明而巧妙的节俭方法，以致于此。我没有参观过他的家庭生活的状况，但看见两天提了洋瓷①饭篮送午饭到校的他的女儿，身上布衣光鲜，脸孔吃得团团的，便可想见他的家庭生活的全部。我没有聆教过他的治家格言，但从他的表现于外的生活习惯上，可以想象他的俭德的精明与巧妙。就吸烟而说，他一向叫他的学生，烟店的小老板去买，已经比别人便宜一半；而吸的时候又异常节省。一管老烟，在他可做

---

① 洋瓷，即搪瓷。

两管吃。其法，吸了几口之后，让他在烟斗中熄灭，并不敲出。第二课下课时，方才敲它出来。把它翻一个身，再装进烟斗中。人们从表面看去，只见又是黄黄的一管老烟，并不知道底下的半管是灰烬了。于是他把烟斗塞进火钵里，又是吞云吐雾地吸一管烟。这回吸完了须得敲出，而敲出来的才是真正的烟灰了。我们吸香烟，有时吸了半支烟瘾已过，还是无益地吸完它，可谓浪费。俭德者就会摘去火头，把下半支留着再吸一顿。但这是吸香烟中所常见的节俭法。吸老烟也可用这方法，我在驼背先生处是第一次看到，这真可谓俭德的模范了。我曾经鉴赏过他的"宝筒"，那根竹紫得发黑，那咬嘴上牙印凿凿，那烟斗的口上已经敲得磨平一半，仿佛几何画中斜切一部分的圆。古色古香，令人爱不忍释。可想见这是十年以上的古董了。我在鉴赏中为之神往，不知这烟管曾经消费了若干老烟，曾经敲过若干次数，以至于形成今日的状态。

次就吃茶而说，驼背先生虽曰每天早晚上茶馆两次，其实所费的只有一碗茶的价钱，铜元六枚。他早上与太阳一同起身。起身就到小茶店里，洗面，吃茶。吃到早饭模样，他把茶碗盖翻向天，回家吃早饭去。茶堂倌自会将他的茶碗拿去搁在碗架上特定的地方，等他晚间来时再拿出来冲给他吃。这办法叫做"摆一摆"，就是一碗茶做两次吃。仿佛一稿两投的办法。驼背先生教了一天书，晚饭后风雨无阻地再来这小茶店，继续享用摆一摆的那碗茶。据他说，摆过后的茶比原泡更好。谚云："烟头茶尾"，这正是茶尾，而且浸过一天，茶汁统统浸出，其味更浓。黄昏这一碗茶，他吃得非常从容，大约从六点到九点，要坐三个钟头。那碗茶要冲了十多次，直到冲得与开水无甚分别了的时候，他把最后冲的一碗倒进随身带来的铜茶壶中，随身带回家去。明天早晨先冲了一壶，倒进另一把瓷器茶壶中。然后再冲一壶，随身带进学校去。

每天茶钱六个铜板，读者为他打算起来，或将代他可惜，不是每月茶钱要一千八百文，每年要两万多文吗？然而这是便宜的。一则，他家里可以省去洗面的毛巾，除家人合用一个经年不破的"高丽布手巾①"以外，驼背先生自己简直不消耗毛巾，每天由茶店供给。二则，他家里可以通年不买茶叶。就这笔收入已经抵得过茶钱。况且又可省油灯，晚上驼背先生上茶店了，家里的人都早睡，用不着点火。而驼背先生偶然看书，写作，都可借光于茶店。非但借光，连笔墨都不须自备，只管借用帐桌上的。再况且有的时候，也有曾经托他写过信，或者要向他借五块钱的人，慷慨解囊，替他会钞。这时候驼背先生也很客气，定要自己摸出钱包来付钞。但他的钱包防裹很紧，藏在衬里衫的袋里，袋口上又用"别针"锁住；包的是一层报纸和一层布，布外面又用绳子扎好。等到他伸手进去除了"别针"，摸出钱包，打开绳子，摊开布包，而露出中间的报纸时，茶堂倌早已把别人替他代付的铜板投进竹管里了。

这不过是我所知道的驼背先生的俭德的一斑。其

---

① 高丽布手巾，一种用棉纱织成、布面呈凹凸形的长方形手巾，一般作抹布用，旧时节约者常作洗面巾用。

余的俭德，可惜我不知道，无法赞颂。但看了以上的数点，也可想见其生活的全般了。

语云："名师出高徒。"在这样的俭德学校里受这样的俭德先生的教诲的学生，自然多能身体力行这种俭德。我听朋友的儿子的报告，觉得内中小茶店里的儿子最为模范的俭德家。那小孩今年十一岁，列入三年级。他以一身兼任三职：学校的学生，家里的工人，和店里的学徒。每逢他母亲有事或有病了，他就请假，在家里帮父亲烧饭，抱小弟弟。或者抱了小弟弟来读书。又每逢市上热闹的时节，他也请假，在店里帮父亲管茶炉，卷煤头纸①。学费他是不缴的，请假不算损失。据朋友家的儿子说，他在校读书，学用品所费最省，一学期用不到二只角子，他的所有一切教科书不是新的，都是以廉价向上级同学转购来的。上级的同学自然也是俭德者，读过的旧书保存着不会生出钱来，不如卖了。然而货物是旧了的，其价也须打个一折几扣，每本最多只卖三四个铜板。有的人更会打算，

---

① 卷成的煤头纸，一般供抽水烟时引火之用。

兼保姆的学生

连上学期的札记簿也出卖。茶店小老板便是专收旧书的人。在放假时以极廉价收买数套。除自己用了一套以外，将别的转卖给同级友，从中博取蝇头之利，以所得的利息买纸，——这不得不出重价去买新的。既出了重价，用时自然特别节省。他的纸要作四次的用度，第一次是用铅笔写，第二次用淡蓝水的钢笔写，第三次用毛笔写的，最后拿回店里去包铜板。这种经济的办法，自从被他发明以后，已经风行全校。驼背先生虽有时因字迹模糊，摇两摇头，但也不加禁止，因为这是与他自己的教育主张相符的。茶店小老板的节俭，实比先生更为进步，有"出蓝"之誉。他自从一年级时代买了一锭"文章一石"①之后，至今没有买过墨。需墨的时候，向前后左右的邻席同学"借"用。借的回数太多时，不妨走远些，向适当的别人借用。这样，便似"罗汉斋观音"，他可在数年内尽不买墨。据朋友的儿子说，这是驼背先生不赞许的；而且有几个

---

① "文章一石"为一种墨上所写之字，这里指这种墨。

同学近来也悟到了这"借"字的性状,渐渐对他表示拒绝。这固然不甚合理,但也无非是俭德极度进步后的一种变相,情犹可原也。

但有人看了原稿,说我这篇文章取材欠精,因为现今的中国,尚有比这更俭约的学校和家庭存在着。我承认他的话是对的。上述的原不过是我最近见闻的记录罢了。

廿四〔1935〕年三月十四日作于石门湾

大 人[1]

自来佛法难对俗人讲。后秦释僧肇论物不迁,开头说:"谈真则逆俗,顺俗则违真。逆俗则言淡而无味,违真则迷性而莫返。故中人未分于存亡,下士抚掌而弗顾。"僧肇的时代,正当我国佛教空气非常浓重的时候。秦主苻坚为了求鸠摩罗什,命大将军吕光率铁甲兵十万伐龟兹。后秦主嗣兴也为了求鸠摩罗什,大举伐凉,灭了凉国而夺得鸠摩罗什来,供养他在宫中,请他翻译佛经。当时朝廷何等提倡佛教,盖可想见。上好之,下必有甚者,当时民间何等崇奉佛法,亦可想见。然而不拘何等提倡,何等崇奉,佛法之理还是

---

[1] 本篇原载1936年6月1日《宇宙风》第2卷第18期,署名:子恺。

不可说。故此论开头就说"中人未分于存亡,下士抚掌而弗顾"。这两句话原出老子:"中士闻道,若存若亡。下士闻道大笑之。"老子之道尚且如此,而况于佛法乎。

佛法所以难被理解的原因,自来都从人的主观的赋秉方面说。谓上根利智的人,方可与言;若中根下根的人,则因所秉智慧薄弱,故听了或者茫然不解,或者认为荒诞而抚掌大笑。但我读经,每到若存若亡的时候,除自叹赋秉贫弱外,又常向客观方面,抱怨自然与人的比例支配得不良,致使中根以下的人慑于自然的空威,因而顺俗违真,迷性莫返。

自然与人的比例支配的不良在于何处呢?一言以蔽之:大小相差太远。在这大小悬殊的对比之下,中根以下的人就胁于对方势力的强大,不得不确认世间为牢不可破的真实,而笑佛说"虚空"为虚空了。

人生时间的太短,是使俗众迷真莫返的第一原因。有史至今,已是人生的百倍。而况史前还有不可限量的太古,今后还有不可想象的未来呢?我们回观过去，但见汗牛充栋地陈列着记载史实的书，每部都是古人费了毕生的日月而著成的。我们倘要研究，从童年到白首也研究不尽。提纲择要地浏览，但见书中记载着传统数千年的王朝，持续数百年的战争，还有累代帝王合力造成的长城，运河，金字塔，与大寺院。这些陈迹确凿地罗列在我们的眼前，绝非虚构。我们眺望未来，但见现代文明负着伟大的使命，安排着野心的计划，准备着无限的展开。对目前的繁华而推测千年后的世界，二千年后的世界，三千年后的世界，令人不堪设想。而我之一生所能参与于其间的，只是区区数十年的日月！因此人生有"朝露""大梦""电光石火""白驹过隙"之叹。你倘告诉一般人说：古今就是许多一生的集合，一生就是整个古今的代表，古今不过是许多一生的反复，一生具足着古今的性能，他抚掌大笑而不顾。因为比例相差太远，他没有这么远大的眼光，不能见到你所说的话。

人身所占空间太小，是使俗众迷真莫返的又一原因。天高无限，地广无际，而人身不过七尺。坐在亭

眼光

子间里，这七尺之躯似乎也够大了。一旦走出门外，低垣也比你的头高，小屋也比你的身体大。粉墙高似青天，危楼上干云霄。相形之下，人身便似蝼蚁，不得不情怯气馁了。古来帝王利用这作用，竭万夫之力，建造高大的宫殿，使自己所住的房子比百姓的身体高数十倍，使百姓见了心生畏敬，不敢抬头。埃及的帝王，死后还要建造比人身高数百倍的坟墓，使百姓在他的坟墓前自惭形小，不敢弹动他的王祚。然而这也只能在七尺之躯面前逞威。你倘离开城市，走入大自然的怀里，但见高山峨峨，层出不穷，大水洋洋，流泛无极。这里一个小丘比宫殿还大，一个浪头比金字塔还高。吾人的七尺之躯，对此高山只能仰止，望此大水惟有兴叹。倘再仰起头来看看，更要使你吃惊：天之高也，星辰之远也，苍茫无极，不可以道里计。前之高山大水，在这下面又相形见小了。于是人生有"沧海一粟"之叹。在沧海与一粟的悬殊比例之下，一粟就退避三舍，觉得这渺小的自己毫不足道，而那广大的沧海正是根深蒂固的真实的存在。你倘告诉他说：

沧海是你的倍数，你是沧海的因数，你身中具足着沧海的性状呀！但他抚掌大笑而不顾。因为比例相差太远，他没有这么远大的眼光，不能见到你所说的话。

人心的智力大小，是使俗众迷真莫返的又一原因。过去的历史很长，遗下来的文献太多。十年窗下的钻研，所钻到的还只是一部分。廿四史已经读不胜读了，四库全书更浩如渊海，单读目录也费许多时光。这里面记载着的都是人生的事，都是前人留告后人的话。这里面蕴藏着种种广博的知识，种种高深的学理。能够用毕生的心力来探得一种，其人已算是聪明好学之士了。人世的范围很大，要研究的事也太多。天文，地理，动物，植物，矿学，物理，化学，医药，美术，工业，机械，政治，经济，法律，……没有一样不是人生所应该知道的事，又没有一样不是毕生的心力所研究不尽的。能够用毕生的心力来贯通了某一种的一部分，其人已可顶戴学士、硕士、博士或专家的荣名了。加之世间各国方言各异，而交通方便；为了生活的要求，一国的人非学他国的语言文字不可。若欲广博地应付或研究,更非兼习数国的语言文字不可。各国的语言文字,各有其构造,各有其习性。学通一国的语言文字,虽上智者也不能速成;中人大都需要数年;下愚学了数年还只略识之无。中学的课程中,英文为必修课,每天教学一小时。shall〔(我)将〕与will〔(你,他)将〕,to be〔是〕与to have〔有〕,纠缠不清地缠了六年,高中毕业生中还有许多人看不懂英文报。英文只是求学工具之一种耳!但人生里有几个六年呢?于是人生就叹"学无止境"。又说"生也有涯,知也无涯"。明者知道"以有涯攻无涯"之路不通,能从书本里抬起头来观望世间,思索人生的根蒂。但昧者没有这眼光,他们但见世间的学问太多,人的心力太小;在这大小悬殊的比例之下,但觉自己的心何等浅陋而贫乏,世间的学问何等广大而丰富;具有如此广大丰富的学问的世间,定是根深蒂固的真实的存在。你倘告诉他说:万种世智犹如大树王的枝叶,你的心才是大树王的根蒂呀!万种学问犹如大江河的支流,你的心才是大江河的源泉呀!世间一切都在你的心中呀！但他抚掌大笑而不顾。因世知太多，障蔽了他的眼光，他不能见到你所说的话。

人生的物力太小，是使俗众迷真莫返的又一原因。人间的建设，照理，田园是为人食而种的，房屋是为人住而造的，百工是为人用而兴的，交通是为人行而办的，学校是为人学而设的，医院是为人病而设的。但在事实，能完全享受这些建设的人很少。有病不得医者有之，有子不得学者有之，有身而不得衣食住行者有之。勉强维持最低的衣食住行而渡世者，占大多数。他们但得工作一天，换得三餐一觉，已应感天谢地，不许更有奢望于人世。他们偶入都市，观于富人之家，朱栏长廊，画栋雕梁，锦衣玉食，宝马香车，而自己的物力曾不能办到他的一个车轮。他们偶入京城，观于王者之居，千雉严城，九重宫阙，前列卫队，后曳罗绮。而自己的物力曾不能办到他后宫中的一只丝袜。他们也曾看报，知道某家喜庆的费用几万，某月化妆品的输入几十万，某项公债的数目几百万，某年战争的损失几千万，某国军事的设备几万万。而自己毕生的收入曾不及这种数目的零头。少数拥有物力的富贵的俗众,其力比较起世间的物力来又相形见小,因而其心也不餍足,仍在叹羡世间的富贵。于是一切俗众,皆叹羡世间,而确信其为真实的存在了。自来弃俗出家的人,半是穷极无聊,走投无路之辈。因此佛教向被俗众视为失意者的避难所。而衣食住行,名利恭敬,成了一切俗众生活的南针。茶馆,酒店中,纡头赤颈地谈判着的,没有一个不是关于衣食住行的问题。办公室,会议厅中,冠冕堂皇地讨论着的,没有一件不是关于名利恭敬的事。但这是无足怪的。因为世间物力与个人物力的比例,相差太远。在这悬殊的比例之下,他们但觉自己何等贫乏,世间何等充实,哪有胆量来否定世间的真实的存在呢?你倘告诉他说:衣食住行之外,你还有更切身的问题没有顾着呢!名利恭敬之外,你还有更重大的问题没有顾着呢!但他抚掌大笑而不顾。因为物欲太盛,迷住了他的心窍。他不能相信你的话。

  人生幸而有了无上的智慧。又不幸而得了这样短促的生命，这样藐小的身躯，这样薄弱的心力，与这样贫乏的物力，致使中人以下的俗众，慑于客观世间的强大，而俯首听命，迷真莫返。假如自然能改良其支配，使人的生命再长一点，人的身躯再大一点，人的心力再强一点，人的物力再富一点，使人处世如乘火车，如搭轮船，那么人与世的比例相差不会这么远，就容易看到时间空间的真相，而不复为世知物欲之所迷了。

但世间自有少数超越自然力的人，不待自然改良其支配，自能看到人生宇宙的真相。他们的寿命不一定比别人长，也许比别人更短，但能与无始无终相抗衡。他们的身躯不一定比别人大，也许比别人更小，但能与天地宇宙相比肩。他们的知识不一定比别人多，也许比别人更少，然而世事的根源无所不知。他们的物力不一定比别人富，也许比别人更贫，然而物欲不能迷他的性。这样的人可称之为"大人"。因为他自能于无形中将身心放大，而以浩劫为须臾，以天地为室庐，其住世就同乘火车，搭轮船一样。

只因其大无形，俗众不得而见。故虽有大人，往往为俗众所非笑。但这也不足怪。像老子云："下士闻道大笑之，不笑不足以为道。"

廿五〔1936〕年四月廿一日作

手 指[1]

已故日本艺术论者上田敏的艺术论中,曾经说过这样的话:"五根手指中,无名指最美。初听这话不易相信,手指头有甚么美丑呢?但仔细观察一下,就可看见无名指在五指中,形状最为秀美。……"大意如此,原文已不记得了。

我从前读到他这一段话时,觉得很有兴趣。这位艺术论者的感觉真锐敏,趣味真丰富!五根手指也要细细观察而加以美术的批评。但也只对他的感觉与趣味发生兴味,却未能同情于他的无名指最美说。当时我也为此伸出自己的手来仔细看了一会。不知是我的

[1] 本篇原载1936年5月1日《宇宙风》第2卷第16期,署名:子恺。

视觉生得不好，还是我的手指生得不好之故，始终看不出无名指的美处。注视了长久，反而觉得恶心起来：那些手指都好像某种蛇虫，而无名指尤其蜿蜒可怕。假如我的视觉与手指没有毛病，上田氏所谓最美，大概就是指这一点罢？

这会我偶然看看自己的手，想起了上田氏的话。我知道了上田氏的所谓"美"是唯美的美。借他们的国语说，是onnarashii（女相的）的美，不是otokorashii（男相的）的美。在绘画上说，这是"拉费尔〔拉斐尔〕前派"（Pre-Raphaelists）一流的优美，不是赛尚痕〔塞尚〕（Cézanne）以后的健美。在美术潮流上说，这是世纪末的颓废的美，不是新时代感觉的力强的美。

但我仍是佩服上田先生的感觉的锐敏与趣味的丰富，因为他这句话指示了我对于手指的鉴赏。我们除残废者外，大家随时随地随身带着十根手指，永不离身，也可谓相亲相近了；然而难得有人鉴赏它们，批评它们。这也不能不说是一种疏忽！仔细鉴赏起来，

一只手上的五根手指,实在各有不同的姿态,各具不同的性格。现在我想为它们逐一写照:

大指在五指中,是形状最难看的一人。他自惭形秽,常常退居下方,不与其他四者同列。他的身体矮而胖,他的头大而肥,他的构造简单,人家都有两个关节,他只有一个。因此他的姿态丑陋,粗俗,愚蠢而野蛮,有时看了可怕。记得我小时候,我乡有一个捉狗屎①的疯子,名叫顾德金的,看见了我们小孩子,便举起手来,捏一个拳,把大指矗立在上面,而向我们弯动大指的关节。这好像一支手枪正要向我们射发,又好像一件怪物正在向我们点头,我们见了最害怕,立刻逃回家中,依在母亲身旁。屡屡如此,后来母亲就利用"顾德金来了"一句话来作为阻止我们恶戏的法宝了。为有这一段故事,我现在看了大指的姿态愈觉可怕。但不论姿态,想想他的生活看,实在不可怕而可敬。他在五指中是工作最吃苦的工人。凡

---

① 捉狗屎,作者家乡话,意即捡狗屎(作肥料)。

是享乐的生活,都由别人去做,轮不着他。例如吃香烟,总由中指食指持烟,他只得伏在里面摸摸香烟屁股;又如拉胡琴,总由其他四指按弦,却叫他相帮扶住琴身;又如弹风琴弹洋琴〔钢琴〕,在十八世纪以前也只用其他四指;后来德国音乐家巴哈〔巴赫〕(Sebastian Bach)总算提拔他,请他也来弹琴;然而按键的机会他总比别人少。又凡是讨好的生活,也都由别人去做,轮不着他。例如招呼人都由其他四人上前点头,他只得呆呆地站在一旁;又如搔痒,也由其他四人上前卖力,他只得退在后面。反之,凡是遇着吃力的工作,其他四人就都退避,让他上前去应付。例如水要喷出来,叫他死力抵住;血要流出来,叫他拼命捺住;重东西要翻倒去,叫他用劲扳住;要吃果物了,叫他细细剥皮;要读书了,叫他翻书页;要进门了,叫他揿电铃;天黑了,叫他开电灯;医生打针的时候还要叫他用力把药水注射到血管里去。种种苦工都归他做,他决不辞劳。其他四人除了享乐的讨好的事用他不着外,稍微吃力一点的生活就都要他帮忙,他的地位恰好站在他们的对面，对无论哪个都肯帮忙。他人没有了他的助力，事业都不成功。在这点上看来，他又是五指中最重要，最力强的分子。位列第一而名之曰"大"，曰"巨"，曰"拇"，诚属无愧。日本人称此指曰"亲指"（Coyayubi），又用为"丈夫"的记号；英国人称"受人节制"曰"under one's thumb"。其重要与力强于此尽可想见。用人群作比，我想把大拇指比方农人。

难看，吃苦，重要，力强，都比大拇指稍差，而最常与大拇指合作的，是食指。这根手指在形式上虽与中指、无名指、小指这三个有闲阶级同列，地位看似比劳苦阶级的大拇指高得多，其实他的生活介乎两阶级之间，比大拇指舒服得有限，比其他三指吃力得多！这在他的姿态上就可看出。除了大拇指以外，他最苍老，头团团的，皮肤硬硬的，指爪厚厚的，周身的姿态远不及其他三指的窈窕，都是直直落落的强硬的曲线。有的食指两旁简直成了直线而且从头至尾一样粗细，犹似一段香肠。因为他实在是个劳动者。他的工作虽不比大拇指的吃力，却比大拇指的复杂。拿笔的时候，全靠他推动笔杆，拇指扶着，中指衬着，写出种种复杂的字来。取物的时候，他出力最多，拇指来助，中指等难得来衬。遇到龌龊的，危险的事，都要他独个人上前去试探或冒险。秽物、毒物、烈物，他接触的机会最多；刀伤、烫伤、轧伤、咬伤，他消受的机会最多。难怪他的形骸要苍老了。他的气力虽不及大拇指那么强，然而他具有大拇指所没有的"机敏。"故各种重要工作都少他不得。指挥方向必须请他，打自动电话必须请他，扳枪机也必须请他。此外打算盘，捻螺旋解纽扣等，虽有大拇指相助，终是要他主干的。总之，手的动作，差不多少他不来，凡事必须请他上前作主。故英人称此指为 fore finger，又称之为 index，我想把食指比方工人。

五指中地位最优，相貌最堂皇的，无如中指。他住在中央，左右都有屏藩。他的身体最高，在形式上是众指中的首领人物。他的两个贴身左右无名指与食指，大小长短均仿佛好像关公左右的关平与周仓，一

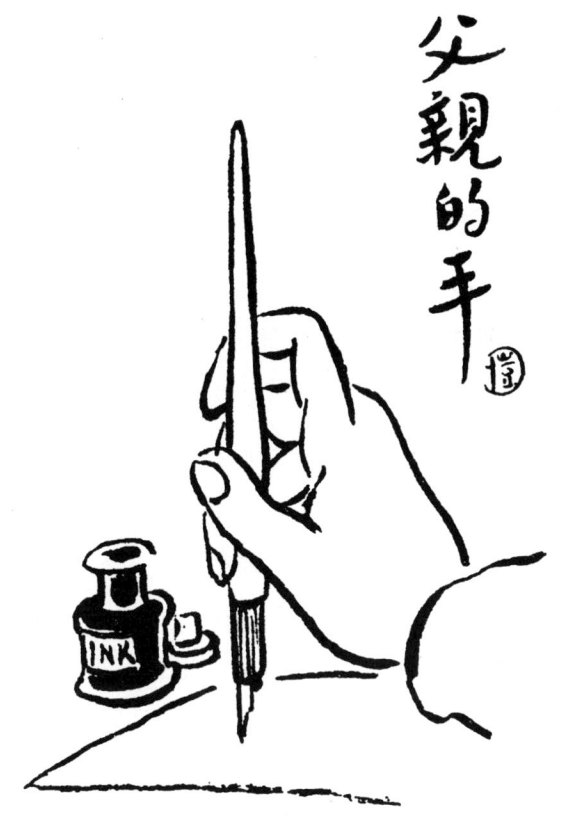

父亲的手

文一武，片刻不离地护卫着。他的身体夹在这两人中间，永远不受外物冲撞，故皮肤秀嫩，颜色红润，曲线优美，处处显示着养尊处优的幸福，名义又最好听，大家称他为"中"，日本人更敬重他，又尊称之为"高高指"（takatakayubi）。但讲到能力，他其实是徒有其形，徒美其名，徒尸其位，而很少用处的人。每逢做事，名义上他总是参加的，实际上他总不出力，譬如攫取一物，他因为身体最长，往往最先碰到物，好像取得这物是他一人的功劳。其实，他一碰到之后就退在一旁，让大拇指和食指这两个人去出力搬运，他只在旁略为扶衬而已。又如推却一物，他因为身体最长，往往与物最先接触，好像推却这物是他一人的功劳。其实，他一接触之后就退在一旁，让大拇指和食指这两个人去出力推开，他只在旁略为助势而已。《左传》"阖庐伤将指"句下注云："将指，足大指也。言其将领诸指。足之用力大指居多。手之取物中指为长。故足以大指为将，手以中指为将。"可见中指在众手指中，好比兵士中的一个将官，令兵士们上前杀战,而自己退在后面。名义上他也参加战争,实际他不必出力。我想把中指比方官吏。

无名指和小指,真的两个宝贝!姿态的优美无过于他们。前者的优美是女性的,后者的优美是儿童的。他们的皮肤都很白嫩,体态都很秀丽。样子都很可爱。然而,能力的薄弱也无过于他们了。无名指本身的用处,只有研脂粉,醮药末,戴指戒。日本人称他为"红差指"(benisashiyubi),是说研磨胭脂用的指头。又称他为"药指"(kusuriyubi),就是说有时靠他研研药末,或者醮些药末来敷在患处。英国人称他为 ring finger,就是为他爱戴指戒的原故。至于小指的本身的用处,更加藐小,只是挖挖耳朵,扒扒鼻涕而已。他们也有被重用的时候,在丝竹管弦上,他们的能力不让于别人。当一个戴金刚钻指戒的女人要在交际社会中显示她的美丽与富有的时候,常用"兰花手指"撮了香烟或酒杯来敬呈她所爱慕的人。这两根手指正是这朵"兰花"中最优美的两瓣。除了这等享乐的光荣的事以外,遇到工作,他们只是其他三指的无力的附庸。我想把无名指比方纨绔儿，把小指比方弱者。

故我不能同情于上田氏的无名指最美说，认为他的所谓美是唯美，是优美，是颓废的美。同时我也无心别唱一说，在五指中另定一根最美的手指。我只觉五指的姿态与性格，有如上之差异，却并无爱憎于其间。我觉得手指的全体，同人群的全体一样。五根手指倘能一致团结，成为一个拳头以抵抗外侮，那就根根有效用，根根有力量，不复有善恶强弱之分了。

廿五〔1936〕年三月卅一日作

西湖船[1]

二十年来，西湖船的形式变了四次，我小时在杭州读书，曾经傍着西湖住过五年。毕业后供职上海，春秋佳日也常来游。现在蛰居家乡，离杭很近，更常到杭州小住。因此我亲眼看见西湖船的逐渐变形。每次坐到船里，必有一番感想。但每次上了岸就忘记，不再提起。今天又坐了西湖船回来，心绪殊恶，就拿起笔来，把感想记录一下。西湖船的形式，二十年来变了四次，但是愈变愈坏。

西湖船的基本形式，是有白篷的两头尖的扁舟。这至今还是不变。常变的是船舱里的客人的坐位。

---

[1] 本篇原载1936年3月16日《宇宙风》第2卷第13期，署名：子恺。

二十年前，西湖船的坐位是一条藤穿的长方形木框。背后有同样藤穿的长方形木框，当作靠背。这些木框涂着赭黄的油漆，与船身为同色或同类色，分明地表出它是这船的装置的一部分。木框上的藤，穿成冰梅花纹样。每一小孔都通风，一望而知为软软的坐垫与靠背，因此坐下去心地是很好的。靠背对坐垫的角度，比九十度稍大——大约一百度。既不像旧式厅堂上的太师椅子那么竖得笔直，使人坐了腰痛；也不像醉翁椅子那么放得平坦，使人坐了起不身来。靠背的木框，像括弧般微微向内弯曲，恰好切合坐者的背部的曲线。因此坐下去身体是很舒服的。原来游玩这件事体，说它近于旅行，又不愿像旅行那么肯吃苦；说不得它类似休养，又不愿像休养那么贪懒惰。故西湖船的原始的（姑且以我所见为主，假定二十年前的为原始的）形式，我认为是最合格的游船形式。倘然坐位再简陋，换了木板条，游人坐下去就嫌吃力；倘然坐位再舒服，索性换了醉翁椅，游人躺下去又嫌萎靡，不适于观赏山水了。只有那种藤穿的木框，使游人坐下去软软的，靠上去又软软的，而身体姿势又像坐在普通凳子上一般，可以自由转侧，可以左顾右盼。何况他们的形状，质料与颜色，又与船的全部十分调和，先给游人以恰好的心情呢！二十年前，当我正在求学的时候，西湖里的船统是这种形式的。早春晚秋，船价很便宜，学生的经济力也颇能胜任。每逢星期日，出三四毛钱雇一只船，载着二三同学，数册书，一壶茶，几包花生米与几个馒头，便可悠游湖中，尽一日之长。尤其是那时候的摇船人，生活很充裕，样子很写意，一面打桨，一面还有心情对我们闲谈自己的家庭，西湖的掌故，以及种种笑话。此情此景，现在回想了不但可以神往，还可以凭着追忆而写几幅画，吟几首诗呢。因为那种船的坐位好，坐船的人姿势也好；摇船人写意，坐船人更加写意，随时随地可以吟诗入画。"野航恰受两三人"。"恰受"两字的状态，在这种船上最充分地表出着。

我离杭后，某年春，到杭游西湖，忽然发现有许多船的坐位变了形式。藤式木框被撤去，改用了长的藤椅子，后面也有靠背，两旁又有靠手，不过全体是藤编的。这种藤椅子，坐的地方比以前的加阔，靠边背也比以前的加高，价值上去固然比以前的舒服，但在形式上，殊不及以前的好看。为了船身全是木的，椅子全是藤的，二者配合不甚调和。在人家屋里，木的几桌旁边也常配着藤椅子，并不觉得很不调和。这是屋与船情形不同之故。屋子的场面大，其所要求的统一不甚严格。船的局面小，一望在目，全体浑成一个单位。其样式与质料，当然要求严格的统一。故在广大的房间里，木的几桌旁边放了藤椅子，不觉得十分异样，但在小小的一叶扁舟中放了藤椅，望去似觉这是临时暂置性质的东西，对于船身毫无有机的关系。此外还有一种更大的不快：摇船人为了这两张藤椅子的设备费浩大，常向游客诉苦，希望多给船钱。有的自己告白：为了同业竞争厉害，不得已，当了衣服置备这两只藤椅的。我们回头一看，见他果然穿一件破旧的夹衣，当着料峭的东风，坐在船头上很狭窄的尖角里，为了我们的赏心悦目劳动着。我们的衣服与他的衣服，我们的坐位与他的坐位，我们的生活与他的生活，同在一叶扁舟之中，相距咫尺之间，两两对比之下，怎不令人心情不快？即使我们力能多给他船钱，这种不快已在游湖时生受了。当时我想：这种藤椅虽然表面光洁平广，使游客的身体感到舒服；但其质料样式缺乏统一性，使游客的眼睛感到不舒服；其来源由于营业竞争的压迫，使游客的心情感到更大的不快。得不偿失，西湖船从此变坏了！

其后某年春，我又到杭州游西湖。忽然看见许多西湖船的坐位，又变了样式。前此的长藤椅已被撤去，改用了躺藤椅，其表面就同普通人家最常见的躺藤椅一样，这变化比前又进一步，即不但全变了椅的质料，又变了椅的角度。坐船的人若想靠背，非得仰躺下来，把眼睛看着船篷。船篷看厌了，或是想同对面的人谈谈，须得两臂使个劲道，支撑起来，四周悬空地危坐着，让藤靠背像尾巴一般拖在后面。这料想是船家营业竞争愈趋厉害，于是苦心窥察游客贪舒服的心理而创制的。他们看见游湖来的富绅，贵客，公子，小姐，大都脚不着地，手不着物，一味贪图安逸。他们为营生起见，就委曲迎合这种游客的心理，索性在船里放两把躺藤椅，让他们在湖面上躺来躺去，像浮尸一般。我在这里看见了世纪末的痼疾的影迹：十九世纪末的颓废主义的精神，得了近代科学与物质文明的助力，在所谓文明人之间长养了一种贪闲好逸的风习。起居饮食用器什物，处处力求便利；名曰增加工作能率，暗中难免泪没了耐劳习苦的美德，而助长了贪闲好逸的恶习。西湖上自从那种用躺藤椅的游船出现之后，不拘它们在游湖的实用上何等不适宜，在游船的形式上何等不美观，世间自有许多人欢迎它们，使它们风行一时。这不是颓废精神的遗毒所使然吗？正当的游玩，是辛苦的慰安，是工作的预备。这决不是放逸，更不是养病。但那种西湖船载了仰天躺着的游客而来，我初见时认真当作载来的是一船病人呢。

最近某年春，我又到杭州游西湖，忽然看见许多西湖船的坐位又变了形式。前此的藤躺椅已被撤去，改用了沙发。厚得"木老老"①的两块弹簧垫,有的装着雪白的或淡黄的布套;有的装着紫酱色的皮,皮面上划着斜方形的格子,好像头等火车中的坐位。沙发这种东西,不必真坐,看看已够舒服之至了。但在健康人,也许真坐不及看看的舒服。它那脸皮半软半硬,对人迎合得十分周到,体贴得无微不至,有时使人肉麻。它那些弹簧能屈能伸,似抵抗又不抵抗,有时使人难过。这又好似一个陷阱,翻了进去一时爬不起来。故我只有十分疲劳或者生病的时候,懂得沙发的好处;若在健康时,我常觉得看别人坐比自己坐更舒服。但西湖船里装沙发,情形就与室内不同。在实用上说,当然是舒服的:坐上去感觉很温软,与西湖春景给人的感觉相一致。靠背的角度又不像躺藤椅那么大,坐着闲看闲谈也很自然。然而倘把西湖船当作一件工艺品而审察它的形式,这配合就不免唐突。因为这些船身还是旧式的,还是二十年前装藤穿木框的船身,只

---

① "木老老",杭州方言,意即"很""十分"。

十里明湖一叶舟

有坐位的部分奇迹地换了新式的弹簧坐垫,使人看了发生"时代错误"之感。若以弹簧坐垫为标准,则船身的形式应该还要造得精密,材料应该还选得细致,油漆应该还要配得美观,船篷应该还要张得整齐,摇船人的脸孔应该还要有血气,不应该如此憔悴;摇船人的衣服应该还要楚楚,不应该教他穿得叫化子一般褴褛。我今天就坐了这样的一只西湖船回来,在船中起了上述的种种感想,上岸后不能忘却。现在就把它们记录在这里。总之西湖船的形式,二十年来,变了四次。但是愈变愈坏,变坏的主要原因,是游客的坐位愈变愈舒服,愈变愈奢华;而船身愈变愈旧,摇船人的脸孔愈变愈憔悴,摇船人的衣服愈变愈褴褛。因此形成了许多不调和的可悲的现象,点缀在西湖的骀荡春光之下,明山秀水之中。

廿五〔1936〕年二月廿七日作

钱江看潮记[①]

阴历八月十八,我客居杭州。这一天恰好是星期日,寓中来了两位亲友,和两个例假返寓的儿女。上午,天色阴而不雨,凉而不寒。有一个人说起今天是潮辰,大家兴致勃勃起来,提议到海宁看潮。但是我左足趾上患着湿毒,行步维艰还在其次;鞋根拔不起来,拖了鞋子出门,违背新生活运动,将受警察干涉。但为此使众人扫兴,我也不愿意。于是大家商议,修改办法:借了一只大鞋子给我左足穿了,又改变看潮的地点为钱塘江边,三廊庙。我们明知道钱塘江边潮水不及海宁的大,真是"没啥看头"的。但凡事轮到

---

① 本篇原载1935年10月1日《论语》第73期。

自己去做时，无论如何总要想出它一点好处来，一以鼓励勇气，一以安慰人心。就有人说："今年潮水比往年大，钱塘江潮也很可观。""今天的报上说，昨天江边车站的铁栏都被潮水冲去，二十几个人爬在铁栏上看潮，一时淹没，幸为房屋所阻，不致与波臣为伍，但有四人头破血流。"听了这样的话，大家觉得江干不亚于海宁，此行一定不虚。我就伴了我的两位亲友，带了我的女儿和一个小孩子，一行六人，就于上午十时动身赴江边。我两脚穿了一大一小的鞋子跟在他们后面。

我们乘公共汽车到三廊庙，还只十一点钟。我们乘义渡过江，去看看杭江路的车站，果有乱石板木狼藉于地，说是昨日的潮水所致的。钱江两岸两个码头实在太长，加起来恐有一里路。回来的时候，我的脚吃不消，就坐了人力车。坐在车中看自己的两脚，好像是两个人的。倘照样画起来，见者一定要说是画错的，但一路也无人注意，只是我自己心虚，偶然逢到有人看我的脚，我便疑心他在笑我。碰着认识的人，谈话之中还要自己先把鞋的特殊的原因告诉他。他原来没有注意我的脚，听我的话却知道了。善于为自己辩护的人，欲掩其短，往往反把短处暴露了。

　　我在江心的渡船中遥望北岸，看见码头近旁有一座楼，高而多窗，前无障碍。我选定这是看潮最好的地点。看它的模样，不是私人房屋，大约是茶馆酒店之类，可以容我们去坐的。为了脚痛，为了口渴，为了肚饥，又为了贪看潮的眼福，我遥望这座楼觉得异常玲珑，犹似仙境一般美丽。我们跳上码头，已是十二点光景。走尽了码头，果然看见这座楼上挂着茶楼的招牌，我们欣然登楼。走上扶梯，看见列着明窗净几，全部江景被收在窗中，果然一好去处。茶客寥寥，我们六人就占据了临窗的一排椅子。我回头喊堂倌："一红一绿！"堂倌却空手走过来，笑嘻嘻地对我说："先生，今天是买坐位的，每位小洋四角。"我的亲友们听了这话都立起身来，表示要走。但儿女们不闻不问，只管凭窗眺望江景，指东话西，有说有笑，正是得其所哉。我也留恋这地方，但我的亲友们以为座价太贵，同堂倌讲价，结果三个小孩子"马马虎虎"，我们六个人一共出了一块钱①。先付了钱，方才大家放心坐下。托堂倌叫了六碗面，又买了些果子，权当午饭。大家正肚饥，吃得很快。吃饱之后，看见窗外的江景比前更美丽了。

我们来得太早，潮水要三点钟才到呢。到了一点半钟，我们才看见别人陆续上楼来。有的嫌座价贵，回了下去。有的望望江景，迟疑一下，坐下了。到了两点半钟，楼上的座位已满，嘈杂异常，非复吃面时可比了。我们的座位幸而在窗口，背着嘈杂面江而坐，仿佛身在泾渭界上，另有一种感觉。三点钟快到，楼上已无立锥之地。后来者无座位，不吃茶，亦不出钱。我们的背后挤了许多人。回头一看，只见观者如堵。有男有女，有老有少，更有被抱着的孩子。有的坐在桌上，有的立在凳上，有的竟立在桌上。他们所看的，是照旧的一条钱塘江。久之，久之，眼睛看得

---

① 当时角币有大洋小洋之分，一块钱相当于小洋十二角。

酸了，腿站得痛了，潮水还是不来。大家倦起来，有的垂头，有的坐下。忽然人丛中一个尖锐的呼声："来了！来了！"大家立刻把脖子伸长，但钱塘江还是照旧。原来是一个母亲因为孩子挤得哭了，在那里哄他。

江水真是太无情了。大家越是引颈等候，它的架子越是十足。这仿佛有的火车站里的卖票人，又仿佛有的邮政局收挂号信的，窗栏外许多人等候他，他只管悠然地吸烟。

三点二十分光景，潮水真的来了！楼内的人万头攒动，像运动会中决胜点旁的观者。我也除去墨镜，向江口注视。但见一条同桌上的香烟一样粗细的白线，从江口慢慢向这方面延长来。延了好久，达到西兴方面，白线就模糊了。再过了好久，楼前的江水渐渐地涨起来。浸没了码头的脚。楼下的江岸上略起些波浪，有时打动了一块石头，有时淹没了一条沙堤。以后浪就平静起来，水也就渐渐退却。看潮就看好了。楼中的人，好像已经获得了什么，各自纷纷散去。我同我亲友也想带了孩子们下楼，但一个小孩子不肯走，惊异地责问我:"还要看潮哩!"大家笑着告诉他:"潮水已经看过了!"他不信,几乎哭了。多方劝慰,方才收泪下楼。

我实在十分同情于这小孩子的话。我当离座时,也有"还要看潮哩!"似的感觉。似觉今天的目的尚未达到。我从未为看潮而看潮。今天特地为看潮而来,不意所见的潮如此而已,真觉大失所望。但又疑心自己的感觉不对。若果潮不足观,何以茶楼之中,江岸之上,观者动万,归途阻塞呢?以问我的亲友,一人

几人相忆在江楼

云:"我们这些人不是为看潮来的,都是为潮神贺生辰来的呀!"这话有理,原来我们都是被"八月十八"这空名所召集的。怪不得潮水毫没看头。回想我在茶楼中所见,除旧有的一片江景外毫无可述的美景。只有一种光景不能忘却:当波浪淹没沙堤时,有一群人正站在沙堤上看潮。浪来时,大家仓皇奔回,半身浸入水中,举手大哭,幸而大人转身去救,未遭没顶。这光景大类一幅水灾图。看了这图,使人想起最近黄河长江流域各处的水灾,败兴而归。

廿三〔1934〕年中秋日作

初冬浴日漫感 [①]

离开故居一两个月，一旦归来，坐到南窗下的书桌旁时第一感到异样的，是小半书桌的太阳光。原来夏已去，秋正尽，初冬方到，窗外的太阳已随分南倾了。

把椅子靠在窗缘上，背着窗坐了看书，太阳光笼罩了我的上半身。它非但不像一两月前地使我讨厌，反使我觉得暖烘烘地快适。这一切生命之母的太阳似乎正在把一种祛病延年，起死回生的乳汁，通过了他的光线而流注到我的体中来。

我掩卷冥想：我吃惊于自己的感觉，为甚么忽然

[①] 本篇原载于1935年11月《中学生》第59号。

这样变了？前日之所恶变成了今日之所欢；前日之所弃变成了今日之所求；前日之仇变成了今日之恩。张眼望见了弃置在高阁上的扇子，又吃一惊。前日之所欢变成了今日之所恶；前日之所求变成了今日之所弃；前日之恩变成了今日之仇。

忽又自笑："夏日可畏，冬日可爱"，以及"团扇弃捐"，乃古之名言，夫人皆知，又何足吃惊？于是我的理智屈服了。但是我的感觉仍不屈服，觉得当此炎凉递变的交代期上，自有一种异样的感觉，足以使我吃惊。这仿佛是太阳已经落山而天还没有全黑的傍晚时光：我们还可以感到昼，同时已可以感到夜。又好比一脚已跨上船而一脚尚在岸上的登舟时光：我们还可以感到陆，同时已可以感到水。我们在夜里固皆知道有昼，在船上固皆知道有陆，但只是"知道"而已，不是"实感"。我久被初冬的日光笼罩在南窗下，身上发出汗来，渐渐润湿了衬衣。当此之时，浴日的"实感"与挥扇的"实感"在我身中混成一气，这不是可吃惊的经验么？

我家之冬

于是我索性抛书，躺在墙角的藤椅里，用了这种混成的实感而环视室中，觉得有许多东西大变了相。有的东西变好了：像这个房间，在夏天常嫌其太小，洞开了一切窗门，还不够，几乎想拆去墙壁才好。但现在忽然大起来，大得很！不久将要用屏帏把它隔小来了。又如案上这把热水壶，以前曾被茶缸驱逐到碗橱的角里，现在又像纪念碑似的矗立在眼前了。棉被从前在伏日里晒的时候，大家讨嫌它既笨且厚，现在铺在床里，忽然使人悦目，样子也薄起来了。沙发椅子曾经想卖掉，现在幸而没有人买去。从前曾经想替黑猫脱下皮袍子，现在却羡慕它了。反之，有的东西变坏了：像风，从前人遇到了它都称"快哉！"欢迎它进来。现在渐渐拒绝它，不久要像防贼一样严防它入室了。又如竹榻，以前曾为众人所宝，极一时之荣。现在已无人问津，形容枯槁，毫无生气了。壁上一张汽水广告画。角上画着一大瓶汽水，和一只泛溢着白泡沫的玻璃杯，下面画着海水浴图。以前望见汽水图口角生津，看了海水浴图恨不得自己做了画中人，现在这幅画几乎使人打寒噤了。裸体的洋囝囝趺坐在窗口的小书架上，以前觉得它太写意，现在看它可怜起来。希腊古代名雕的石膏模型 Venus〔维纳斯〕立像，把裙子褪在大腿边，高高地独立在凌空的花盆架上。我在夏天看见她的脸孔是带笑的，这几天望去忽觉其容有蹙，好像在悲叹她自己失却了两只手臂，无法拉起裙子来御寒。

其实，物何尝变相？是我自己的感觉变叛了。感觉何以能变叛？是自然教它的。自然的命令何其严重：夏天不由你不爱风，冬天不由你不爱日。自然的命令又何其滑稽：在夏天定要你赞颂冬天所诅咒的，在冬天定要你诅咒夏天所赞颂的！

人生也有冬夏。童年如夏，成年如冬；或少壮如夏，老大如冬。在人生的冬夏，自然也常教人的感觉变叛，其命令也有这般严重，又这般滑稽。

廿四〔1935〕年双十节晚于石门湾

无常之恸[1]

无常之恸,大概是宗教启信的出发点吧。一切慷慨的,忍苦的,慈悲的,舍身的,宗教的行为,皆建筑在这一点心上。故佛教的要旨,被包括在这个十六字偈内:"诸行无常,是生灭法。生灭灭已,寂灭为乐。"这里下二句是佛教所特有的人生观与宇宙观,不足为一般人道;上两句却是可使谁都承认的一般公理,就是宗教启信的出发点的"无常之恸"。这种感情特强起来,会把人拉进宗教信仰中。但与宗教无缘的人,即使反宗教的人,其感情中也常有这种分子在那里活动着,不过强弱不同耳。

---

[1] 本篇原载1936年1月16日《宇宙风》第1卷第9期。

在醉心名利的人，如多数的官僚，商人，大概这点感情最弱。他们仿佛被荣誉及黄金蒙住了眼，急急忙忙地拉到鬼国里，在途中毫无认识自身的能力与余暇了。反之，在文艺者，尤其是诗人，尤其是中国的诗人，更尤其是中国古代的诗人，大概这点感情最强，引起他们这种感情的，大概是最能暗示生灭相的自然状态，例如春花，秋月，以及衰荣的种种变化。他们见了这些小小的变化，便会想起自然的意图，宇宙的秘密，以及人生的根柢，因而兴起无常之恸。在他们的读者——至少在我一个读者——往往觉到这些部分最可感动，最易共鸣。因为在人生的一切叹愿——如惜别，伤逝，失恋，坎坷等——中，没有比无常更普遍地为人人所共感的了。

《法华经》偈云："诸法从本来，常示寂灭相。春至百花开，黄莺啼柳上。"这几句包括了一切诗人的无常之叹的动机。原来春花是最雄辩地表出无常相的东西。看花而感到绝对的喜悦的，只有醉生梦死之徒，感觉迟钝的痴人，不然，佯狂的乐天家。凡富有人性而认真的人,谁能对于这些昙花感到真心的满足?谁能不在这些泡影里照见自身的姿态呢?古诗十九首中有云:"伤彼蕙兰花,含英扬光辉。过时而不采,将随秋草萎。"大概是借花叹惜人生无常之滥觞。后人续弹此调者甚多。最普通传诵的,如:

劝君莫惜金缕衣,劝君惜取少年时。花开堪折直须折,莫待无花空折枝!(李锜妾)

今年花似去年好,去年人到今年老。始知人老不如花,可惜落花君莫扫!(下略)(岑参)

一月主人笑几回?相逢相值且衔杯!眼看春色如流水,今日残花昨日开!(崔惠童)

梁园日暮乱飞鸦,极目萧条三两家。庭树不知人去尽,春来还发旧时花。(岑参)

越王宫里似花人,越水溪头采白蘋。白蘋未尽人先尽,谁见江南春复春?(阙名)

慨惜花的易谢,妒羡花的再生,大概是此类诗中最普通的两种情怀。像"春风欲劝座中人，一片落红当眼堕""年年岁岁花相似，岁岁年年人不同"便是用一两句话明快地道破这种情怀的好例。

最明显地表示春色，最力强地牵惹人心的杨柳，自来为引人感伤的名物。桓温的话是一个很好的证例："昔年移植，依依汉南。今看摇落，凄怆江潭。树犹如此，人何以堪？"在纸上读了这几句文句，已觉恻然于怀；何况亲眼看见其依依与凄怆的光景呢？唐人诗中，借杨柳或类似的树木为兴感之由，而慨叹人事无常的，不乏其例，亦不乏动人之力。像：

江风霏霏江草齐，六朝如梦鸟空啼。无情最是台城柳，依旧烟笼十里堤。（韦庄）

炀帝行宫汴水滨，数株残柳不胜春。晚来风起花如雪，飞入宫墙不见人。（刘禹锡）

梁苑隋堤事已空，万条犹舞旧春风。那堪更想千年后，谁见杨华入汉宫？（韩琮）

入郭登桥出郭船，红楼日日柳年年。君王忍

春风欲劝座中人

把平陈业，只换雷塘数亩田？（罗隐，《炀帝陵》）

三十年前此院游，木兰花发院新修。如今再到经行处，树老无花僧白头。（王播）

汾阳旧宅今为寺，犹有当时歌舞楼。四十年来车马散，古槐深巷暮蝉愁。（张籍）

门前不改旧山河，破虏曾经马伏波。今日独经歌舞地，古槐疏冷夕阳多。（赵嘏）

凡自然美皆能牵引有心人的感伤，不独花柳而已。花柳以外，最富于此种牵引力的，我想是月。因月兴感的好诗之多，不胜屈指。把记得起的几首写在这里：

山围故国周遭在，潮打空城寂寞回。淮水东边旧时月，夜深还过女墙来。（刘禹锡，《石头城》）

草遮回磴绝鸣銮，云树深深碧殿寒。明月自来还自去，更无人倚玉栏杆。（崔橹，《华清宫》）

旧苑荒台杨柳新，菱歌清唱不胜春。只今唯有西江月，曾照吴王宫里人。（李白，《苏台》）

暮云收尽溢清寒，银汉无声转玉盘。此生此夜不长好，明月明年何处看？（杜牧之，《中秋》）

独上江楼思悄然，月光如水水如天。同来玩月人何在？风景依稀似去年。（赵嘏，《江楼书怀》）

由花柳兴感的，有以花柳自况之心，此心常转变为对花柳的怜惜与同情。由月兴感的，则完全出于妒羡之心，为了它终古如斯地高悬碧空，而用冷眼对下界的衰荣生灭作壁上观。但月的感人之力，一半也是夜的环境所助成的。夜的黑暗能把外物的诱惑遮住，使人专心于内省，耽于内省的人，往往慨念无常，心生悲感。更怎禁一个神秘幽玄的月亮的挑拨呢？故月明人静之夜，只要是敏感者，即使其生活毫无忧患而十分幸福，也会兴起惆怅。正如唐人诗所云："小院无人夜，烟斜月转明。清宵易惆怅，不必有离情。"

与万古常新的不朽的日月相比较，下界一切生灭，在敏感者的眼中都是可悲哀的状态。何况日月也不见得是不朽的东西呢？人类的理想中，不幸而有了"永远"这个幻象，因此在人生中平添了无穷的感慨。所谓"往事不堪回首"的一种情怀，在诗人——尤其是中国古代诗人——的笔上随时随处地流露着。有人反对这种态度，说是逃避现实，是无病呻吟，是老生常谈。不错，有不少的旧诗作者，曾经逃避现实而躲入过去的憧憬中或酒天地中；有不少的皮毛诗人曾经学了几句老生常谈而无病呻吟。然而真从无常之恸中发出来的感怀的佳作，其艺术的价值永远不朽——除非人生是永远朽的。会朽的人，对于眼前的衰荣兴废岂能漠然无所感动？"笙歌归院落，灯火下楼台。"这一点小暂的衰歇之象，已足使履霜坚冰的敏感者兴起无穷之慨；已足使顿悟的智慧者痛悟无常呢！这里我又想起的有四首好诗：

寥落故行宫，宫花寂寞红。白头宫女在，闲坐说玄宗。

朱雀桥边野草花，乌衣巷口夕阳斜。旧时王

谢堂前燕，飞入寻常百姓家。

越王勾践破吴归，战士还家尽锦衣。宫女如花满春殿，只今唯有鹧鸪飞。

伤心欲问南朝事，唯见江流去不回。日暮东风春草绿，鹧鸪飞上越王台。

这些都是极通常的诗，我幼时曾经无心地在私塾学童的无心的口上听熟过。现在它们却用了一种新的力而再现于我的心头。人们常说平凡中寓有至理。我现在觉得常见的诗中含有好诗。

其实"人生无常"，本身是一个平凡的至理。"回黄转绿世间多，后来新妇变为婆。"这些回转与变化，因为太多了，故看作当然时便当然而不足怪。但看作惊奇时，又无一不可惊奇。关于"人生无常"的话，我们在古人的书中常常读到，在今人的口上又常常听到。倘然你无心地读，无心地听，这些话都是陈腐不堪的老生常谈。但倘然你有心地读，有心地听，它们就没有一字不深深地刺入你的心中。古诗中有着许多

烦闷

痛快地咏叹"人生无常"的话：古诗十九首中就有了不少：

> 人生寄一世，奄忽若飙尘。何不策高足，先据要路津？
>
> 浩浩阴阳移，年命如朝露。人生忽如寄，寿无金石固。万岁更相送，圣贤莫能度。
>
> 青青陵上柏，磊磊涧中石。人生天地间，忽如远行客。
>
> 人生非金石，焉能长寿考？奄忽随物化，荣名以为宝。

此外我能想起也很多：

> 对酒当歌，人生几何？譬如朝露，去日苦多。（魏武帝）
>
> 惊风飘白日，光景驰西流。盛时不可再，百年忽我遒。生存华屋处，零落归山丘。（曹植）

置酒高堂，悲歌临觞。人寿几何？逝如朝霜。时无重至，华不再阳。（陆机）

欢乐极兮哀情多，少壮几时兮奈老何！（汉武帝）

采采荣木，结根于兹。晨耀其花，夕已丧之。人生若寄，憔悴有时。静言孔念，中心怅而。（陶潜）

朝为媚少年，夕暮成丑老。自非王子晋，谁能常美好？（阮籍）

君不见黄河之水天上来，奔流到海不复回？君不见高堂明镜悲白发，朝如青丝暮成雪？（李白）

白日何短短，百年苦易满。苍穹浩茫茫，万劫太极长。麻姑垂两鬓，一半已成霜。天公见玉女，大笑亿千场。吾欲揽六龙，回车挂扶桑。北斗酌美酒，劝龙各一觞。富贵非所愿，为人驻颜光。（李白）

美人为黄土，况乃粉黛假。当时侍金舆，故

物独石马。忧来藉草坐，浩歌泪盈把。冉冉征途间，谁是长年者？（杜甫）

青山临黄河，下有长安道。世上名利人，相逢不知老。（孟郊）

这些话，何等雄辩地向人说明"人生无常"之理！但在世间，"相逢不知老"的人毕竟太多，因此这些话都成了空言。现世宗教的衰颓，其原因大概在此。现世缺乏慷慨的，忍苦的，慈悲的，舍身的行为，其原因恐怕也在于此。

廿四〔1935〕年十二月廿六日

新年怀旧[1]

我似觉有二十多年不逢着"新年"了。因为近二十多年来,我所逢着的新年,大都不像"新年"。每逢年底,我未尝不热心地盼待"新年"的来到;但到了新年,往往大失所望,觉得这不是我所盼待的"新年"。我所盼待的"新年"似乎另外存在着,将来总有一天会来到的。再过半个月,新年又将来临。料想它又是不像"新年"的,也无心盼待了。且回想过去吧。

我所认为像"新年"的新年,只有二十多年前,我幼时所逢到的几个"新年"。近二十多年来,我每逢新年,全靠对它们的回忆,在心中勉强造出些"新

---

[1] 本篇原载1936年1月1日《宇宙风》第1卷第8期。

年"似的情趣来，聊以自慰。回忆的力一年一年地薄弱起来。现在若不记录一些，恐怕将来的新年，连这点聊以自慰的空欢也没有了。

当阳历还被看作"洋历"，阴历独裁地支配着时间的时代，新年真是一个极盛大的欢乐时节！一切空气温暖而和平，一切人公然地嬉戏。没有一个人不穿新衣服，没有一个人不是新剃头。尤其是我，正当童年时代，不知众苦，但有一切乐。我的新年的欢乐，始于新年的 eve〔前夕〕。

大年夜的夜饭，我故意不吃饱。留些肚皮，用以享受夜间游乐中的小食，半夜里的暖锅，和后半夜的接灶圆子。吃过夜饭，店里的柜台上就点着一对红蜡烛，一只风灯。红蜡烛是岁烛，风灯是供给往来的收帐人看帐目用的。从黄昏起，直至黎明，街上携着灯笼收帐的人络续不绝。来我们店里收帐的人，最初上门来，约在黄昏时，谈了些寒暄，把帐簿展开来看一看，大约有多少，假如看见管帐先生不拿出钱来，他们会很客气地说一声"等一会儿再算"，就告辞。第

今夜两岁，明朝三岁

二次来，约在半夜时。这会拿过算盘来，确实地决算一下，打了一个折扣，再在算盘上摸脱了零头，得到一个该付的实数。倘我们的管帐先生因为自己的店帐没有收齐，回报他们说，"再等一会儿付款"，收帐的人也会很客气地满口答允，提了灯笼又去了。第三次来时，约在后半夜。有的收清帐款，有的反而把旧欠放弃不收，说道"带点老亲"。于是大家说着"开年会"，很客气地相别。我们的收帐员，也提了灯笼，向别家去演同样的把戏，直到后半夜或黎明方才收清。这在我这样的孩子们看来，真是一年一度的难得的热闹。平日天一黑就关门。这一天通夜开放，灯火满街。我们但见一班灯笼进，一班灯笼出，店堂里充满着笑语和客气话。心中着实希望着帐款不要立刻付清，因此延长一点夜的闹热。在前半夜，我常常跟了我们店里的收帐员，向各店收帐。每次不过是看一看数目，难得收到钱。但遍访各店，在我是一种趣味。他们有的在那里请年菩萨，有的在那里准备过新年。还有的已经把年夜当作新年，在那里掷骰子，欢呼声充满了店堂的里面。有的认识我是小老板，还要拿本店的本产货的食物送给我吃，表示亲善。我吃饱了东西回到家里，里面别是一番热闹：堂前点着岁烛和保险灯。灶间里拥着大批人看放谷花。放的人一手把糯米谷撒进镬子里去，一手拿着一把稻草不绝地在镬子底上撩动。那些糯米谷得了热气，起初"拍，拍"地爆响，后来米脱出了谷皮，渐渐膨胀起来，终于放得像朵朵梅花一样。这些梅花在环视者的欢呼声中出了镬子，就被拿到厅上的桌子上去挑选。保险灯光下的八仙桌，中央堆了一大堆谷花，四周围着张开笑口的男女老幼许多人。你一堆，我一堆，大家竞把砻糠剔去，拣出纯白的谷花来，放在一只竹篮里，预备新年里泡糖茶请客人吃。我也参加在这人丛中；但我的任务不是拣而是吃。那白而肥的谷花，又香又燥，比炒米更松，比蛋片更脆，又是一年中难得尝到的异味。等到拣好了谷花，端出暖锅来吃半夜饭的时候，我的肚子已经装饱，只为着吃后的"毛草纸揩嘴"的兴味，勉强凑在桌上。所谓"毛草纸揩嘴"，是每年年夜例行的一种习惯。吃过年夜饭，家里的母亲乘孩子们不备拿出预先准备着的老毛草纸向孩子们口上揩抹。其意思是把嘴当作屁眼，这一年里即使有不吉利的话出口，也等于放屁，不会影响事实。但孩子们何尝懂得这番苦心？我们只是对于这种恶戏发生兴味，便模仿母亲，到毛厕间里去拿张草纸来，公然地向同辈，甚至长辈的嘴上去乱擦。被擦者决不愤怒，只是掩口而笑，或者笑着逃走。于是我们擎起草纸，向后面追赶。不期正在追赶的时候，自己的嘴却被第三者用草纸揩过了。于是满堂哄起热闹的笑声。

夜半过后在时序上已经是新年了；但在习惯上，这五六个小时还算是旧年。我们于后半夜结伴出门，各种商店统统开着，街上行人不绝，收帐的还是提着灯笼幢幢来往。但在一方面，烧头香的善男信女，已经携着香烛向寺庙巡礼了。我们跟着收帐的，跟着烧香的，向全镇乱跑。直到肚子跑饿，天将向晓，然后回到家里来吃了接灶圆子，怀着了明朝的大欢乐的希望而酣然就睡。

元旦日，起身大家迟。吃过谷花糖茶，白日的乐事，是带了去年底预先积存着的零用钱，压岁钱，和客人们给的糕饼钱，约伴到街上去吃烧卖。我上街的本意不在吃烧卖，却在花纸儿和玩具上。我记得，似乎每年有几张新鲜的花纸儿给我到手。拿回家来摊在八仙桌上，引得老幼人人笑口皆开。晏晏地吃过了隔年烧好的菜和饭，下午的兴事是敲年锣鼓。镇上备有锣鼓的人家不很多，但是各坊都有一二处。我家也有一副，是我的欢喜及时行乐的祖母所置备的。平日深藏在后楼，每逢新年，拿到店堂里来供人演奏。元旦的下午，大街小巷，鼓乐之声遥遥相应。现在回想，这种鼓乐最宜用为太平盛世的点缀。丝竹管弦之音固然幽雅，但其性质宜于少数人的清赏，非大众的。最富有大众性的乐器，莫如打乐（打击乐器）。俗语云："锣鼓响，脚底痒。"因为这是最富有对大众的号召力的乐器。打乐之中，除大锣鼓外，还有小锣，班鼓，檀板，大铙钹，小铙钹等，都是不能演奏旋律的乐器。因此奏法也很简单，只是同样的节奏的反复，不过在轻重缓急之中加以变化而已。像我，十来岁的孩子，略略受人指导也能自由地参加新年的鼓乐演奏。一切音乐学习，无如这种打乐之容易速成者。这大概也是完成其大众性的一种条件吧。这种浩荡的音节，都是暗示昂奋的，华丽的，盛大的。在近处听这种音节时，听者的心会忙着和它共鸣，无暇顾到他事。好静的人所以讨厌打乐，也是为此。从远处听这种音节，似觉远方举行着热闹的盛会，不由你的心不向往。好群的人所以要脚底痒者，也正是为此。试想：我们二个数百户的小镇同时响出好几处的浩荡的鼓乐来，云中的仙人听到了，也不得不羡慕我们这班盛世黎民的欢乐呢。

新年的晚上，我们又可从花炮享受种种的眼福。最好看的是放万花筒。这往往是大人们发起而孩子们热烈赞成的。大人们一到新年，似乎袋里有的都是闲钱。逸兴到时，斥两百文购大万花筒三个，摆在河岸一齐放将起来。河水反照着，映成六株开满银花的火树，这般光景真像美丽的梦境。东岸上放万花筒，西

下乡作客拜新年

岸上的豪侠少年岂肯袖手旁观呢？势必响应在对岸上也放起一套来。继续起来的就变花样。或者高高地放几十个流星到天空中，更引起远处的响应，或者放无数雪炮，隔河作战。闪光满目，欢呼之声盈耳，火药的香气弥漫在夜天的空气中。当这时候，全镇的男女老幼，大家一致兴奋地追求欢乐，似乎他们都是以游戏为职业的。独有爆竹业的人，工作特别多忙。一新年中，全镇上此项消费为数不小呢：送灶过年，接灶，接财神，安灶……每次斋神，每家总要放四个斤炮，数百鞭炮。此外万花筒，流星，雪炮等观赏的消耗，更无限制。我的邻家是业爆竹的。我幼时对于爆竹店，比其余一切地方都亲近。自年关附近至新年完了，差不多每天要访问爆竹店一次。这原是孩子们的通好，不过我特别热心。我曾把鞭炮拆散来，改制成无数的小万花筒，其法将底下的泥挖出，将头上的引火线拔下来插入泥孔中，倒置在水槽边上燃放起来，宛如新年夜河岸上的光景。虽然简陋，但神游其中，不妨想象得比河岸上的光景更加壮丽。这种火的游戏只限于新年内举行，平日是不被许可的。因此火药气与新年，在我的感觉上有不可分离的联关。到现在，偶尔闻到火药气时，我还能立刻联想到新年及儿时的欢乐呢。

　　二十多年来，我或为负笈，或为糊口，频频离开故乡。上述的种种新年的点缀，在这二十多年间无形无迹地渐渐消灭起来。等到最近数年前我重归故乡息足的时候，万事皆非昔比，新年已不像"新年"了。第一，经济衰落与农村破产凋敝了全镇的商业。使商店难于立足，不敢放帐，年夜里早已没有携了灯笼幢幢往来收帐的必要了。第二，阴历与阳历的并存扰乱了新年的定标，模糊了新年的存在。阳历新年多数人没有娱乐的勇气，阴历新年又失了娱乐的正当性，于是索性废止娱乐。我们可说每年得逢两度新年，但也可说一度也没有逢，似乎新年也被废止了。第三，多数的人生活局促，衣食且不给，遑论新年与娱乐？故现在的除夜，大家早早关门睡觉，几与平日无异。现在的新年，难得再闻鼓乐之声。现在的爆竹店，只卖几个迷信的实用上所不可缺的鞭炮，早已失去了娱乐品商店的性质。况且战乱频仍，这种迷信的实用有时也被禁，爆竹商的存在亦已岌岌乎了。

我们的新年，因了阴阳历的并存而不明确，复因了民生的疾苦而无生气，实在是我们的生活趣味上的一大缺憾！我不希望开倒车回复二十多年前的儿时，但希望每年有个像"新年"的新年，以调剂一年来工作的辛苦，恢复一年来工作的疲劳。我想这像"新年"的新年一定存在着，将来总有一天会来到的。

廿四〔1935〕年十二月十三日作

音语[1]

音乐上有"音语"(Music Language)这个名词。其意是说：高低长短强弱不同的诸音所造成的音乐，虽然不能具体地告诉人一番说话，但能因其构造形式而在人心中惹起一种感情，仿佛告诉人一番说话。这种微妙的作用叫做"音语"。作曲者必须熟达音语，方能创作。鉴赏者也必须具有理解音语的敏感，方能圆满其鉴赏。

举最浅近的实例说：譬如 Do Mi Sol Do 一句，四个音历时相等而逐渐向上，又保住互相调和的关系，能在听者心中引起正大，光明，堂皇，威严，兴奋，

---

[1] 本篇原载1935年9月《创作月刊》创刊号。

得意，繁荣，超然等感觉。仿佛鼓励他一番或告诉他一件喜事。反之，Do Sol Mi Do 便在听者心中引起和平，谦逊，柔弱，慈悲，退省，消沉，失意，衰颓等感觉。仿佛安慰他一番，或告诉他一种哀情。——但音语毕竟是只能用听觉感受，而不能言宣的。被我这样具体地说明了，反不确切。况且上面所举的真是极简单的例。乐曲中含意复杂的音语，更非言语所能翻译的了。

虽然不能用言语翻译，但可以日常生活中种种经验来旁证音语的存在，德国音乐家奥芬罢哈〔奥芬巴赫〕（Offenbach）嫌其仆人拂拭衣服的声音不合拍子，曾把仆人斥逐。日本某文人曾赞美豆腐担的叫卖声，谓其悠扬之音，在深巷人家白昼长闲中，为一种最美丽的点缀。那时候日本有人提倡以机器制豆腐，每日由豆腐总厂派脚踏车分送豆腐于市内人家。这位注重生活趣味而嫌恶机械化生活的文人就起而反对，委曲描写日本旧有的豆腐担在生活感情方面的美妙的趣味，而惋惜这种趣味的丧亡。现代都市对于音太不

叫卖

关念了。我每初入都市，常觉头痛脑胀。推求其故，知其为嘈杂之音所致。嘈杂之音中最可厌的，莫如汽车的汽笛。有的如怒鸣，有的如号哭，有的如狗叫，有的如放屁。立在马路上等电车的时候，耳鼓几被聒破！我常想，这是市街美的一大破坏者，当局人倘能稍留意于声音美的方面，应该设法改良这种汽笛的音。在杭州时闻有一汽车，其汽笛的鸣声奏一主和弦，如 Sol Do Mi Sol，觉得很不讨厌。可惜很少，似乎只有一辆。

我在写字的时候，曾感到声音的一种微妙的作用，也可以拿来旁证音语。我为人写大字，喜择一静室，室内最好只留知我习性的一二人为助手或旁观者，不欢喜有许多人同室。为的是他们要在我正在写字的时候发出种种声音，话声，笑声，步声，以及物件移动之声。而这种声音的气势常与笔的运动的气势相冲突，使笔的运动受阻碍，因而写字往往失败。譬如正在写一个字，半途有人咳嗽，或笑起来，或向别人提出一问。这种突发的，或昂奋的，或不安定的声音，有一种影响达于我的心情，由心情传到我的右手的筋觉，通过了笔杆而影响于所写的字。又如正在写一行字，半途有人突然起立出外，或推门入室。他们的动作气势也会影响到我的手头。故我常想，写字最好能有适当的时间，适当的地方，及适当的对手。这对手必须理解字的构造，又懂得我的癖性。他不妨说话，动作，做声；但求他的言行的气势与态度，和我的写字的活动相符合。譬如写到很长的一直的时候，即使我的对手在旁大叫一声，非但无碍，反而有助于我。然而我的生活烦忙，百事草草，以上的话不过是一种愿望，原非定要有此时地及对手方可写字。不得已时，在什么地方都为人写字，不拘好恶，写给他算了。

美国有一种专供习字用的蓄音片〔唱片〕。当学生练习书法时，把这蓄音片开奏，一种特殊的节奏与音律，能暗助习字者的手的活动。可知我的写字习惯并非一种不近人情的奇癖，我想，写中国字也许没有适当的蓄音片可用。因为中文与西文构造不同。他们的字是符号凑成，写的时候其动作能合于一定的节奏；

我们的文字构造各异，每个字像一幅画，恐怕没有适当的音乐可以适合写字的动作。有之，只能为每个特设一种音乐，未免太麻烦了。

廿四〔1935〕年五月廿五日作于石门湾

"带点笑容"[1]

请照相馆里的人照相,他将要开镜头的时候,往往要命令你:"带点笑容!"

爱好美术的朋友X君最嫌恶这一点,因此永不请教照相馆。但他不能永不需要照相,因此不惜巨价自己购置一副照相机。然而他的生活太忙,他的技术太拙,学了好久照相,难得有几张成功的作品。为了某种需要,他终于不得不上照相馆去。我预料有一幕滑稽剧要开演了,果然:

X君站在镜头面前,照相者供献他一个摩登花样的矮柱,好像一只茶几,教他左手搁在这矮柱上,右

---

[1] 本篇原载1936年8月1日《宇宙风》第2卷第22期。

手叉腰，说道："这样写意！"X君眉头一皱，双手拒绝他，说："这个不要，我只要这样站着好了！"他心中已经大约动了三分怒气。照相者扫兴地收回了矮柱，退回镜头边来，对他一相，又走上前去劝告他："稍微偏向一点儿，不要立正。"X君不动。照相者大概以为他听不懂，伸手捉住他的两肩，用力一旋，好像雕刻家弄他的塑像似的，把X君的身体向外旋转约二十度。他的两手一放，X君的身体好像有弹簧的，立刻回复原状。二人意见将要发生冲突，我从中出来调解："偏一点儿也好，不过不必偏得这样多。"X君听了我的话，把身体旋转了约十度。但我知道他心中的怒气已经动了五六分了。

照相者的头在黑布底下钻了好久，走到X君身边，先用两手整理他的衣襟，拉他的衣袖，又蹲下去搬动他的两脚。最后立起身来用两手的中指点住他的颧颥，旋动他的头颅；用左手的食指点住他的后脑，教他把头俯下；又用右手的食指点住他的下巴，教他把头仰起。X君的怒气大约已经增至八九分。他不耐

摄影

烦地嚷起来:"好了,好了! 快些给我照吧!"我也从旁帮着说:"不必太仔细,随便给他照一个,自然一点倒好看。"照相者说着"好,好"走回镜旁,再相了一番,伸手搭住镜头,对 X 君喊:"眼睛看着这里! 带点儿笑容!"看见 X 君不奉行他的第二条命令,又重申一遍:"带点笑容!"X 君的怒气终于增到了十分,破口大骂起来:"什么叫做带点笑容! 我又不是来卖笑的! 混帐! 我不照了!"他两手一挥,红着脸孔走出了立脚点,皱着眉头对我苦笑。照相者就同他相骂起来:

"什么? 我要你照得好看,你反说我混帐!"

"你懂得什么好看不好看? 混帐东西!"

"我要同你品品道理看! 你板着脸孔,我请你带点笑容,这不是好意? 到茶店里品道理我也不怕!"

"我不受你的好意。这是我的照相,我欢喜怎样便怎样,不要你管!"

"照得好看不好看,和我们照相馆名誉有关,我不得不管!"

听到了这句话，X君的怒气增到十二分："放屁！你也会巧立名目来拘束别人的自由？……"二人几乎动武了。我上前劝解，拉了愤愤不平的X君走出照相馆。一出滑稽剧于是闭幕。

我陪着X君走出照相馆时，心中也非常疑怪。为什么照相一定要"带点笑容"呢？回头向他们的样子窗里一瞥，这疑怪开始消解，原来他们所摄的照相，都作演剧式的姿态，没有一幅是自然的。女的都带些花旦的姿态，男的都带些小生，老生，甚至丑角的姿态。美术上所谓自然的pose〔姿势〕，在照相馆里很难找到。人物肖像上所谓妥帖的构图，在这些样子窗里尤无其例。推想到这些照相馆里来请求照相的人，大都不讲什么自然的pose，与妥帖的构图。女的但求自己的姿态可爱，教她装个俏眼儿也不吝惜；男的但求自己的神气活现，命令他"带点笑容"当然愿意的了。我们的X君戴了美术的眼镜，抱了造象的希望，到这种地方去找求自然的pose与妥帖的构图，犹如缘木求鱼，当然是要失望的。

但是这幕滑稽剧的演出，其原因不仅在于美术与非美术的冲突上，还有更深的原因隐伏在X君的胸中。他是一个不善逢迎，不苟言笑的人。他这种性格，今天就在那个照相馆中的镜头前面现形出来。他的反抗照相者的命令，其意识中仿佛在说："我不愿作一切违背衷心的非义的言行！我不欲强作笑颜来逢迎任何人！我的脸孔天生成这样！这是我之所以为我！"故在他看来，照相者劝他"带点笑容"，仿佛是强迫他变志，失节，装出笑颜来谄媚世人，在他是认为奇耻大辱的。然而照相馆里的人哪能顾到这一点？他的劝人"带点笑容"，确是出于"好意"。因为他们营商的人，大都以多数顾客的要求为要求，以多数顾客的好恶为好恶，他们自己对于照相根本没有什么要求，也没有什么好恶。故X君若有所愤怒，也不必对他们发，应该发在多数的顾客身上。因为多数顾客喜欢在镜头面前作娇态，装神气，因此养成了这样的照相店员。

我并不主张照相时应该板脸孔，也不一定嫌恶装笑脸的照相。但觉照相者强迫镜头前的人"带点笑容",是可笑,可耻,又可悲的事。因此我不得不由此想象:现今的世间,像 X 君的人极少,而与 X 君性格相反的人极多。那么真如 X 君出照相馆时所说:"现今的世间,要进照相馆也不得不'带点笑容'了!"

廿五〔1936〕年夏日作

清　晨[1]

　　吃过早粥，走出堂前，在阶沿石上立了一会。阳光从东墙头上斜斜地射进来，照明了西墙头的一角。这一角傍着一大丛暗绿的芭蕉，显得异常光明。它的反光照耀全庭，使花坛里的千年红、鸡冠花和最后的蔷薇，都带了柔和的黄光。光滑的水门汀受了这反光，好像一片混浊的泥水。我立在阶沿石上，就仿佛立在河岸上了。

　　一条瘦而憔悴的黄狗，用头抵开了门，走进庭中来。它走到我的面前，立定了，俯下去嗅嗅我的脚，又仰起头来看我的脸。这眼色分明带着一种请求之情。

---

[1] 本篇原载1936年4月10日《新少年》第1卷第7期。

我回身向内,想从余剩的早食中分一碗白米粥给它吃。忽然想起邻近有吃粞粥及糠饭的人,又踌躇地转身向了外。那狗似乎知道我的心事的,越发在我面前低昂盘旋,且嗅且看,又发出一种"呜呜"的声音。这声音仿佛在说,"狗也是天之生物!狗也要活!"我正踌躇,李妈出来收早粥,看见了狗便说:"这狗要饿杀快①了!宝官②,来厨房里拿些镬焦给它吃吃吧。"我的问题就被代为解决。不久宝官拿了一小箩镬焦出来,先放一撮在水门汀上。那狗拼命地吃,好像防人来抢似的。她一撮一撮喂它,好像防它停食似的。

我在庭中散步了好久,回到堂前,看见狗正在吃最后的一撮。我站在阶沿石上看它吃。我觉得眼梢头有一件小的东西正在移动。俯身一看,离开狗头一二尺处,有一群蚂蚁,正在扛抬狗所遗落的镬焦。许多蚂蚁围绕在一块镬焦的四周,扛了它向西行,好像一朵会走的黑瓣白心的菊花。它们的后面,有几个空手

---

① 饿杀快,江南一带方言,意即快饿死。
② 作家家乡一带对小主人称 × 官。

我们赞美工作……

的蚂蚁跑着,好像是护卫;它们的前面有无数空手的蚂蚁引导着,好像是先锋。这列队约有二丈多长,从狗头旁边直达阶沿石缝的洞口——它们的家里。我蹲在阶沿上,目送这朵会走的菊花。一面呼唤正在浇花的宝官,叫她来共赏。她放下了浇花壶,走来蹲在水门汀上,比我更热心地观赏起来,我叫她留心管着那只狗,防恐它再吃得不够,走过来舔食了这朵菊花。她等狗吃完,把它驱逐出门,就安心地来看蚂蚁的清晨的工作了。

这块馔肴很大,作椭圆形,看来是由三四粒饭合成的。它们扛了一会,停下来,好像休息一下,然后扛了再走。扛手也时有变换。我看见一个蚂蚁从众扛手中脱身而出,径向前去。我怪他卸责,目送它走。看见另一个蚂蚁从对方走来。它们二人在交臂时急急地亲了一个吻,然后各自前去。后者跑到菊花旁边,就挤进去,参加扛抬的工作,好像是前者请来的替工。我又看见一个蚂蚁贴身在一个扛手的背后,好像在咬它。过了一会,那被咬者退了出来,自向前跑,那咬者便挤进去代它扛抬了。我看了这些小动物的生活，不禁摇头太息，心中起了浓烈的感兴。我忘却了一切，埋头于蚂蚁的观察中。我自己仿佛已经化了一个蚂蚁，也在参加这扛抬粮食的工作了。我一望它们的前途，着实地担心起来。为的是离开它们一二尺的前方，有两根晒衣竹竿横卧在水门汀上，阻住它们的去路。先锋的蚂蚁空着手爬过，已觉周折，这笨重的粮食如何扛过这两重畸形的山呢？忽然觉悟了我自己是人，何不用人力去助它们一下呢？我就叫宝官把竹竿拿开。并且嘱咐她轻轻的，不要惊动了蚂蚁。她拿开了第二根时，菊花已经移行到第一根旁边而且已在努力上山了。我便叫她住手，且来观看。这真是畸形的山，山脚凹进，山腰凸出。扛抬粮食上山，非常吃力！后面的扛手站住不动，前面的扛手把后脚爬上山腰，然后死命地把粮食抬起来，使它架空。于是山腰的人死命地拖，地上的人死命地送。结果连物带人拖上山去。我和宝官一直叫着"杭育，杭育"帮它们着力，到这时候不期地同喊一声"好啊！"各抽一口大气。

　　下山的时候，又是一番挣扎；但比上山容易得多。前面的扛手先把身体挂了下来，后面的扛手自然被粮食的重量拖下，跌到地上。另有两人扛了一粒小饭粒从后面跟来。刚爬上山，又跌了下去。来了一个帮手，三人抬过山头。前面的菊花形的大群已去得很远了。

　　菊花形的大群走了一大程平地，前面又遇到了障碍。这是一个不可超越的峭壁，而且壁的四周都是水，深可没顶。宝官抱歉地自责起来："唉！我怎么把这把浇花壶放在它们的运粮大道上！不幸而这又是漏的！"继而认真地担忧了："它们迷了路怎么办呢？"继而狂喜地提议："赶快把壶拿开，给它们架一爿桥吧。"她正在寻找桥梁的材木，那三个扛抬的一组早已追过大群，先到水边，绕着水走去了。不久大群也到水边，跟了它们绕行，我唤回了宝官，依旧用眼睛帮它们扛抬。我们计算绕水所多走的路程，约有三尺光景！而且海岸线曲折多端，转弯抹角，非常吃力，这点辛劳明明是宝官无心地赠给它们的！我们所惊奇者：蚂蚁似乎个个带着指南针。任凭转几个弯，任凭横走，逆行，他们决不失向。迤逦盘旋了好久，终于绕到了水的对岸。现在离它们的家只有四五尺，而且都是平地了。我的心便从蚂蚁的世界中醒回来。我站起身来，挺一挺腰。我想等它们扛进洞时，再蹲下去看。暂时站在阶沿石上同宝官谈些话。

"这也是一种生物，它们也要活。人类的生活实在不及……"我正想说下去，外面走进我们店里的染匠司务来。他提着早餐的饭篮，要送进灶间去。当他通过我们的前面时，他正在和宝官说什么话。我和宝官听他说话，暂时忘记了蚂蚁的事。等到我注意到的时候。他的左脚正落在这大群蚂蚁的上面，好像飞来峰一般。我急忙捉住他的臂，提他的身体，连喊"踏不得！踏不得！"他吓得不知所以，像化石一般，顶着脚尖，一动也不动。我用力搬开他的腿。看见他的脚踵底下，一朵白心黑瓣的菊花无恙地在那里移行。宝官用手拍拍自己的心，说道"还好还好，险险乎！"染匠司务俯下去看了一看，起来也用手拍拍自己的心，

"踏不得！踏不得！"

说道"还好还好,险险乎!"他放下了饭篮,和我们一同观赏了一会,赞叹了一会。当他提了饭篮走进屋里去的时候,又说一声"还好还好,险险乎!"

我对宝官说:"这染匠司务不是戒杀者,他欢喜吃肉,而且会杀鸡。但我看他对于这大群蚂蚁的'险险乎',真心地着急;对于它们的'还好还好',真心地庆幸。这是人性中最可贵的'同情'的发现。人要杀蚂蚁,既不犯法,又不费力,更无人来替它们报仇。然而看了它们的求生的天性,奋斗团结的精神,和努力,挣扎的苦心,谁能不起同情之心,而对于眼前的小动物加以爱护呢?我们并不要禁杀蚂蚁,我们并不想繁殖蚂蚁的种族。但是,倘有看了上述的状态,而能无端地故意地歼灭它们的人,其人定是丧心病狂之流,失却了人性的东西。我们所惜的并非蚂蚁的生命,而是人类的同情心。"宝官也举出一个实例来。说她记得幼时有一天,也看见过今日般的状态。大家正在观赏的时候,有某恶童持热水壶来,冲将下去。大家被他吓走,没有人敢回顾。我听了毛发悚然。推想这是水灾而兼炮烙,又好比油锅地狱!推想这孩子倘做了支配者,其杀人亦复如是!古来桀纣之类的暴徒,大约是由这种恶童变成的吧!

扛抬粮食的蚂蚁经过了长途的跋涉,出了染匠司务脚底的险,现在居然达到了家门口。我们又蹲下去看。然而如何搬进家里,我又替它们担起心来。因为它们的门洞开在两块阶沿石缝的上端,离平地约有半尺之高。从水门汀上扛抬到门口,全是断崖削壁!以前的先锋,现在大部分集中在门口,等候粮食从削壁上搬运上来。其一部分参加搬运之役。挤不进去的,附在别人后面,好像是在拉别人的身体,间接拉上粮食来。大块而沉重的粮食时时摇动,似欲翻落。我们为它们捏两把汗。将近门口,忽然一个失手,竟带了许多扛抬者,砰然下坠。我们同情之余,几欲伸手代为拾起,甚至欲到灶间里去抓一把饭粒来塞进洞门里。但是我们没有实行。因为教它们依赖,出于姑息;当它们豢物,近于侮辱。蚂蚁知道了,定要拒绝我们。你看,它们重整旗鼓,再告奋勇。不久,居然把这件重大的粮食扛上削壁,搬进洞门里了。

朝阳已经照到芭蕉树上。时钟打九下。正是我们开始工作的时光了。宝官自去读书,我也带了这些感兴,走进我的书室去。

廿四〔1935〕年十月六日在石门湾